JN052141
「ん、ん、ふ……」
飴玉のようにそこを舐め転がされ、かと思えば強く吸い立てられ、軽く甘噛みされ。
初めての感覚の連続に呼吸を乱しながらビクビクと身もだえするユーフィリアは、
もはや自分の身体をどうすれば良いのか見当も付かない。

人嫌いな大公と結婚したら
愛が深すぎて
卒倒しそうです!
逢矢沙希
Vanilla文庫

目次

イラスト／氷堂れん

序章

その小鳥は、これまでの人生の中で最も辛い時期にアレクシスの心を、ほんの僅か癒やしてくれた。

たとえその癒やしが爪の先ほどの小さなものであったとしても、裏切りを恐れ、追い立てられる恐怖に震え、それでも先へ進まねばならない苦しみの重さに潰されそうになっていた彼にとっては大きな救いだった。

その小鳥が何かしてくれたわけではない。

苦難を乗り越える魔法の力を授けてくれたわけでもない。

けれどその小鳥は、馬上で寒さに身を震わせるアレクシスの元へ、小さな翼を広げてどこからともなくやってきた。

厚い毛皮の手袋を嵌めた手を差し出すと、その指先にちょこんと舞い降りる。

「なんだ、お前は。どこから飛んできたんだ？」

アレクシスの問いに小鳥は意味が通じているのか否か、こてん、と首を傾げる。

真っ白な身体と対照的に翼は真っ黒で、寒さに耐えるために丸く膨らんだフォルムは見ているると不思議と忘れかけていた笑みを蘇らせてくれた。

くりくりと動く真っ黒なつぶらな目や、時折パタパタと翼を動かす愛嬌たっぷりの姿は筆舌に尽くしがたく……要するに、とても可愛らしい小鳥だったのだ。

小鳥を手に止まらせているアレクシスの姿に、この地の案内人として雇った男が驚きの声を上げる。

「これは驚きました。アンゲナスですね。我がダイアン帝国でもこの北の限られた地方だけにしかおらず、主にオルトロール公国を生息地にする希少な小鳥です。臆病で、なかなかお目にかかれないこの小鳥には出会えるだけで幸運だと言われているのに、手に舞い降りてくるなんて聞いたことがありません」

「そうなのか？　私には随分人懐こく見える」

アレクシスだって自然の中で生きる野鳥がこうも人懐こいとは驚きだ。

臆病な鳥と言うが、とてもそんなふうには見えない。

愛らしい姿から目が離せず、しげしげと見つめればアンゲナスと呼ばれる小鳥が「チリリ」とどこか特徴的な鳴き声を上げた。

細く高い、鈴を振るような可愛らしい声だ。

その鳴き声に、案内人は再び驚いたように目を丸くする。

「これはまた珍しいことが続くものです。アンゲナスは滅多に鳴かない鳥としても知られているのに……どうやら殿下を祝福しているようですね」

祝福なんて、正直今のアレクシスにはいささか皮肉な言葉だ。

そのようなものがあるのなら、国が荒れる前に。

そして兄と自分が味方の少ない孤独な戦いに身を投じなくてはならなくなる前に与えてほしかった。

普段ならば、どんな聖職者や美姫の祝福にも動かされることがないほど、アレクシスの心は強ばって擦り切れていたのだが……不思議とこの愛らしい小鳥の祝福には心を優しく揺り動かされる。

「……愛らしいな。こんな時でなければ、連れて帰りたいくらいだ」

今までアレクシスは多くの苦難を経験し越えてきた。

そしてこれから先も帝位を求める兄のために多くの苦痛と困難を乗り越えなくてはならない。

自分が信じる未来のためならば必要なことだと納得しているけれど、いくら皇子とはいえただの人でしかない彼にとっては辛い日々の連続だ。

今も味方を得るべく、北の最果ての辺境伯の元へ助力を願いに出向くところである。

しかも冬。

このあたりの土地は年の三分の一を雪に覆われ、息も凍りそうになるほどの寒気に包まれている。

温暖な大陸中央部で育ったアレクシスや多くの随伴者達には、辛い行程だ。

しかしそれでも向かわねば、兄もアレクシスも共に断頭台へ上げられる未来しかない。

三人の息子を持ちながら、その中から皇太子を定めることなく崩御した先の皇帝の死後、空席となった帝位を巡って第一皇子と第二皇子の争いが激化している。

現在、最も帝位に近いと噂(うわさ)されているのは皇后の子である第一皇子、つまりアレクシスにとっては長兄だ。

だが、その長兄に帝位を与えるわけにはいかない。正確に言えばその長兄の後ろにいる、皇后を含めた後援者の帝国貴族達にだ。

彼らは人民の命をどうとも思っていない。

放っておけば勝手に増える、都合の良い家畜同然にしか考えていないのだ。

悲しいかな、そんな貴族達が先の皇帝の時代に多くなった。

アレクシスの父であるその皇帝もまた、似たような考え方の持ち主だったからだ。

しかし父はまだその思いを隠し、最低限皇帝としての役目は果たしていた。

そのためダイアン帝国はこの大陸最大の国家として存続できていたのだ。

しかし長兄に父と同じことは期待できないだろう。まず間違いなく今、帝位を長兄に奪われればこの国は荒れ、多くの人民が損なわれる。

国に必要なのは皇帝の側妃を母に持つ次兄の戴冠であると、アレクシスは信じていた。

だが……長兄に比べて次兄の支援者は少なく、力も劣る。

また長兄やその後援者である貴族達は、目障りな他二人の皇子達を排除しようと、暗殺の手を緩めようとしない。

このままでは次兄も自分も命を落とす。それこそ多くの人々を道連れにして。

絶対に彼らの思いどおりにされるわけにはいかないと、歯を食いしばって抵抗している中にあっての、つかの間のアンゲナスとの出会いは、確かにアレクシスの凍りかけた心を溶かしてくれた。

愛らしいものを愛らしいと感じる心が存在している。

とっくに凍り付いていると思っていた自身の心はまだ完全に凍ってはいない。

そう思えるだけで、ほんの少し呼吸が楽になった気がした。

「お気持ちは判ります。愛らしく、しかも幸運を運ぶ女神の使者という異名を持つ小鳥ですから」

「女神の使者？」

「はい。この小鳥と出会った者には森の女神から幸運を授けられるとか。ですが結論から申し上げて、飼うことはお止めになった方が良いでしょう。無理に手に入れようとすると、その愛らしい姿で人を魅了し、破滅へと堕落させることもあるのだそうです」

「なるほどな」

納得したようにアレクシスは肯いた。

確かに幸運は何かを閉じ込めて無理矢理得るものではない。

「だからこそ、出会えたら幸運だと思うくらいでちょうど良いのです」

アレクシスにそう教えてくれる案内人の口調からしても、このあたりに住む者にとってアンゲナスは特別な小鳥なのだと判る。

「では、今は出会えたことに感謝しながら、先へ進もう。またいつか会おう、女神の使者殿」

名残惜しい気持ちを抑えて、アレクシスは腕を軽く振り上げる。

するとアンゲナスが、パタパタと翼を羽ばたかせて飛び立った。

（幸運、か。……本当にあの小鳥が幸運を運んできてくれるのだとしたら、私に何を与えてくれるのだろう）

今望むのは次兄の帝位だ。

だが……全てが終わった後は、もう静かに暮らしたい。

大きな権力よりも、身に余る地位よりも、溢れるほどの財よりも、ただ愛せる人と共に穏やかに暮らせる時間が欲しい。

そう考えながらアレクシスは先へ進んだ。

今はまだ夢物語にしか思えない未来に、穏やかな日々が待っていることを願って今を生きる為に。

第一章

大陸の北に位置する、年の三分の一ほどを雪に閉ざされるオルトロール公国では、厳しい陽の日差しも少なく、真夏でも肌を焼くような灼熱に見舞われることは殆どない。

そのためか古くからその土地に根付く人々は髪や肌の色素が薄い。

総じて整った容姿の者が多く、大陸に流通する絵画や彫刻ではオルトロールの人々をモデルとする芸術家が多いと言われている。

そのオルトロール公国において、公女ユーフィリアの名を知らぬ者はなきに等しい。

オルトロール人の中でも特に色素が薄く、儚い美貌で名の知れた姫君だ。

艶やかな白金の髪と抜けるように白い肌には染み一つない。

丸く柔らかな頰の輪郭も、つぶらな瞳を際立たせる煙るような長い睫も、すっと通った鼻梁や淡く色づいた唇も、全てが多くの芸術家が創造し望んだ通りの大きさと配置に収まっている。

それでいて唯一色素の深い、黒曜石のような瞳が小さな星のごとき光を抱いて輝いている。

今年十八になったばかりの、オルトロール公国の大切な姫君である。

幼い頃から縁談は絶え間なく湧き上がり、求婚状は山となって城に届けられているが、未だに浮いた話一つない。

もしかするとあまりにも美しく可憐な姫君は人の元ではなく神の花嫁となる運命を定められているのではないか、というのが公国の人々が囁く噂だ。

しかし、それほどに名と美貌を知られているユーフィリア公女が人前に出てくることは殆どない。

常に城の奥深くで、公王と公妃、そして兄である公子に守られて静かに暮らしている、奥ゆかしい幻の姫君。

なぜそれほど姿を隠しているのか……その全ての理由はただ一つ。

臆病だから。

それに尽きたのである。


晩春。

ダイアン帝国皇城では周辺国の賓客を招いた大規模な舞踏会が開かれていた。

今その舞踏会会場の壁際では多くの青年達が鈴なりに群がっている。

彼らの中心にいるのは、北の国の民特有の白銀の髪と黒曜石の瞳を持つ娘だ。

年の頃は十代後半から二十歳手前ほどだろう。

華奢な身体を包むのはラベンダー色のドレスだ。

ダイアン帝国の夜会ではデコルテを大きく開き、ウエストを細く絞ってスカートを大きく膨らませるドレスが流行っているが、この娘の衣装にはそのような矯正は入っていない。

デコルテは鎖骨が見える程度。コルセットで締め上げずとも充分細いウエストまでのラインを美しく見せ、スカートは自然な流れで床へ向かって広がっている。

高価な宝石はないけれど、繊細なレースや刺繍でふんだんに飾られたドレスは一目で手がかかっているものと判る、これもまた北の国の民族衣装である。

だが青年貴族達の注目を浴びたのは、美しい衣装以上に、その娘の持つ美貌が原因だ。

その娘の名は、ユーフィリア。

件の美姫と名高い、オルトロール公国が誇る秘蔵の姫君であった。

「なんて愛らしい。公女殿下のお噂は我が帝国にも届いておりましたが、これほど美しく愛らしい女性だったとは！　まさしく女神の愛し子の名にふさわしい！」

「ぜひこの機会に一曲だけでもお相手いただけませんか」

「私には公女と釣り合う年頃の息子がおります。親の目から見ても大変聡明で……」

しかし次から次へと見知らぬ人々から向けられる視線やかけられる声に、公女ユーフィリアは何一つまともに答えられていなかった。

せいぜいが「あの」とか「いえ」とか、意味のなさない言葉を呟くだけで精一杯で、右を見ても左を見ても、実に幅広い年代の男性に囲まれて、内心はパニック寸前である。

（ど、どうしよう……お兄様はどこ？　私、どうしたら良いの？）

少し前まで隣にいたはずの兄も、人々の波に押し流されてしまったのか、いつの間にか周囲の人の壁の向こうに流され今はどこにいるかも判らない。

「あ、あの……わ、私は……」

「お声まで可愛らしい。ぜひどうか、もっとその声をお聞かせいただけませんか」

「言葉が難しければ、その視線を向けてくださるだけでもこの上ない幸せです」

普通の令嬢ならば褒め称える男性達の言葉を嬉しく思ったのかもしれない。

けれど彼らの存在全てがユーフィリアには恐ろしくてならなかった。

一体ここにいるどれほどの人間が、彼女が先ほどからずっと手も足も震えっぱなしで、元々白い肌が白を通り越して青ざめていることに気付いているだろう。

今にも倒れそうな風情だというのに、より一層男性達の賞賛の声に熱が入るのは、頼りなさげな雰囲気もまた彼らの庇護欲を大きく刺激するから。

無理もない。このダイアン帝国では女性にも家督の継承権や財産を保証されており、帝国貴族令嬢ともなれば、良くも悪くも気位の高い者が多い。

身分が高ければ高いほどその傾向が強く、つまり帝国貴族男性からするとユーフィリアのように儚げでか弱い雰囲気の娘を目にする機会が少ないのだ。

しかしユーフィリア本人からすれば、彼らの声は先ほどからぐるぐると頭の中をかき回して、何一つ印象深く残るものはない。

考えることは唯一つ。

（早くこの場所から逃げ出したい……!!）

これに尽きた。

（どうしよう……どうしよう、怖い……！）

やはり、帝国になど来るのではなかったと、後悔する。

一方で男性達の声の向こうから届く、女性達の声には明らかな苛立ちが含まれていて、それもまたユーフィリアの心を怯えさせた。

「ご覧になって。あのようにもったいぶった思わせぶりな仕草で殿方を惑わせるなんて」

「ええ、ちやほやされていても、まともに受け答え一つできていないようでは公国の姫君だなんて、どの程度の教養をお持ちなのか疑わしいわ」

「確かにお美しくていらっしゃるけれど、美貌で殿方を惑わせることしかできないのではありませんか？　あのようなか弱さで何を守れると言うのかしら」

彼女たちの言うとおりだ。

男性に褒められるのはうわべの容姿だけ。

幼い頃から公女として充分な教育は受けてきたのに、殆ど役に立っていないのは教育の内容に問題があるからではなく、彼女自身に問題があるからだ。

令嬢たちの気持ちは判る。痛いほどに判る。

彼女たちからしてみればぽっと出の、小さな公国の姫の分際でなぜこれほどちやほやされるのか、と言いたくもなるだろう。

特に女性でも家や土地を守れるようにと育てられている、帝国貴族女性からすればなおさらだ。ユーフィリアが逆の立場だったら、多分同じことを思う。

だけど。そう、だけど。

（私だって好きでここにいるわけじゃないのに……‼）

ユーフィリアが自ら望んでこのような場に出席したわけではない。

やむにやまれぬ事情があってのことだ。

そうでなければ国どころか、城の外にすら出たくなかった。

（お兄様、どこ……⁉　怖い、助けて……！）

彼女の恐怖心を煽るように周囲を取り囲む人々の輪は狭まり、今や半歩分前に踏み出せば身体がぶつかりそうな距離に初めて会ったばかりの男性の身体がある。

それも一人や二人ではない。挙げ句に人々の隙間からまた違う人物の視線や手が伸びて、少しでもこちらに近づこうと迫ってくる姿が見える。

その姿が過去に経験した、今はもう終わったはずの記憶と重なった。

ギラギラと欲に濁った幾つもの目がこちらを見ている。

そう自覚した途端、鼓動がこれまでになく大きく跳ねた。胸の奥で心臓に何か鋭いものが突き刺さるような痛みと共に。

（いや、怖い……！）

無意識に胸元を押さえた瞬間、視界が潤んだ。

息が浅くなる。

自分が立っているのか座っているのかも判らなくなって、目の前がぐるぐると回る。

頭から血の気が引く音が聞こえたような気がして……ぐわん、とひときわ大きく視界が揺れた時、ユーフィリアの身体がその場で傾ぐようにふらついた。

（ああ、もうだめ……）

国を出る時にはあれほどしっかりしなくてはと己に言い聞かせていたつもりなのに、想定を遥かに超えた人々の注目の前には、彼女の懸命な覚悟など風に舞う雪のように脆い。

「ユーフィリア！」

兄が名を呼ぶ声が聞こえた。

それを境にふうっと、意識が途切れそうになる。

蹲（うずくま）るように姿勢を低くした彼女の姿にさすがに異変に気付いたのか、周囲でざわつく声が大きくなる。

何人かが慌てたように手を差し伸べようとするのが見えたけれど、それさえ恐ろしくて、逃れるように身を捩（よじ）るまでが限界だった。

「どけ！」

それ以上堪えることができずに、大きく身体が倒れ、あわや固い床に抱きつくかという寸前で、横合いから伸びた腕に支えられた気がした。

……不思議と、その手に恐怖を覚えなかったのはなぜだろう？

あるいはもう恐怖を感じる余裕も失われていたのかもしれない。

この時のユーフィリアはかろうじて意識は残っていたものの、止まらない震えと、ひどく浅い呼吸が苦しくて、力の入らない自分の身体を持て余していたから。

「しっかりしなさい。意識はあるか？」

ぼんやりと開けた視界の向こう、若い男性の姿が見える。

自分を支える青年の後ろから、兄らしき人の姿も見えた気がする。

「妹君は何か持病をお持ちなのか」

「いいえ、持病はございません。ただ……これほど多くの人前に出ることがあまりないもので……」

「いずれにしても少し休ませた方が良い。移動しよう」

「ご親切にありがとうございます。場所さえ教えていただければ私が運びます、大公殿下のお手を煩わせるわけにはまいりません」

「……たい、こう……でんか……?」

朦朧とする意識の中、かろうじてこぼれたユーフィリアの声に二人の視線が落ちる。

この時ユーフィリアがうつろな目を向けたのは、見慣れた兄の顔ではなく、今もまだ自分の肩を支えるように抱えている黒髪の青年の方だ。

目がかすんで青年の顔形や衣装をはっきり見分けることはできなかったけれど、その人が纏っているマントの鮮やかな青色は判った。

その色を身に纏うことが許されているのは、この帝国では皇族の血を引く者のみ。

その青いマントと、自分の顔を覗き込む彼の瞳は同じ見事な青色だ。ユーフィリアが知る限り、黒髪と青い瞳の持ち主で、禁色とされるロイヤルブルーを纏う人物は一人しかいない。

それに先ほど兄が「大公殿下」と呼んだ。

全ての条件をクリアする青年の名は、アレクシス・ガル・レヴァントリー。

ダイアン帝国の唯一の大公であり、皇帝グレシオス三世の同腹の弟であり、そしてユー

フィリアがこの帝国へ訪れる原因となった人物たった一人しかいない。

それを理解した瞬間、かろうじてか細く張り詰めていたユーフィリアの意識の糸がぷっりと切れる……そして何も判らなくなったのである。


ダイアン帝国はオルトロール公国を含めた大小十二の国を支配する、大陸最大の国家だ。

帝国の歴史は長く、その存在がもたらしてきた影響は大陸の隅々にまで広がっている。

現在、ダイアン帝国を治めるのは、齢二十八の若き皇帝グレシオス三世。

しかしそのグレシオスが前帝の崩御の後に帝位を継ぐまで空白の一年間が存在する。

その理由は三つ。

当時、皇太子が定められていなかったため。

前皇帝には彼を含めて三人の皇子がいたため。

そして、その三人の皇子によって帝位争いが勃発したためである。

結果的に帝位を継いだのは、第二皇子であったグレシオスだ。

それはダイアン帝国をはじめ、帝国に属する国々にとっても大陸にとっても幸運な結果であったと言えるだろう。

もし第一皇子が帝位につくようなことになっていれば、この大陸ではもっと血なまぐさい歴史が刻まれていたに違いない。

そのグレシオスが帝位につく際の、多大なる貢献者として名を知られているのが、第三皇子アレクシスである。

最も苦しい時期に自身を支え、剣を取り、馬を駆って敵対勢力をなぎ払い、最後まで味方でいてくれた弟のアレクシスに深い感謝と親愛を込めて、皇帝は彼に大公位を与えた。

皇室に準じる大きな権力と地位についた第三皇子は、レヴァントリー大公と名を改めて、現在最も力ある未婚の男性として帝国内外の女性たちから熱い視線を浴びている。

しかしアレクシスの周囲ではこれまで一度も浮いた話はない。

彼が敬意と忠誠を捧げるのは皇帝であるグレシオスだけ。

異性に対しても同性に対しても決して心を開かず、少しでも皇帝に害があるとみるや相手が誰であろうと容赦なく排除する、人嫌いの冷酷な人物であると噂されていた。

そんなダイアン帝国グレシオス三世の名でオルトロール公国に親書が届いたのは、暦の上では春が近づいてきたとはいえまだ雪深い晩冬の時期だった。

「レヴァントリー大公の花嫁探しの舞踏会、ですか。この雪の中、わざわざ我が公国まで招待状を寄越さずとも、望む女性は帝国内に溢れるほどいるでしょうに」

苦い声でそう答えたのは兄のユグリッドだ。

普段は穏やかで繊細な美貌の貴公子として公国内の娘達の憧れを一身に浴びている彼だ

が、この時は酷く厳しい表情をしていた。

だが兄の隣で父から事情を聞かされたユーフィリアは、そんな兄の様子に気を配っている余裕はない。

なぜならそのレヴァントリー大公の花嫁探しという名目で開かれる舞踏会の招待状は、ユーフィリアを名指ししていたからだ。

「恐らく帝国内だけに留まらず、広く候補を探そうと考えているのではないか。レヴァントリー大公ともなればそこいらの貴族の娘とうかつに縁づかせるわけにもいかないだろう」

答える父の声も苦り切っている。

その隣で沈黙している公妃もまた難しい表情を崩さない。

皇帝の実弟である大公の花嫁候補など、本来であればこの上なく光栄な話だというのに、誰もがユーフィリアには大公妃という立場は難しいと理解している。

その美貌を噂され、今まで山ほどの求婚状が届きながら、その内の一人とも見合いすら成立しなかったのは、極度に臆病な彼女の性格が原因だからだ。

「む、無理です、私に大公妃なんて……どうかお断りしてください」

しかしユーフィリアの懇願に対する父の反応はこれまでと違った。

ううん、と気難しげに眉を顰めながら父である公王は溜息交じりに首を横に振る。

「そうもいかないのだよ、リア。これまでの話は良くも悪くも断れる相手だった。だがダイアン帝国大公……それも皇帝陛下直々のお声掛かりとなると、こちらからお断りすることはできない。皇帝陛下のお顔を潰すことになってしまう」

「確かに一度は出向いて、礼儀を尽くさねばならないでしょうね……」

ユグリッドもまたそう呟いて溜息を吐く。

下手に皇帝の不興を買えば、オルトロールのような小国は容易く潰されるだろう。

「招致に従い出向くことは決定事項だ。だが幸いにしてまだ候補。恐らく周辺国にも同様の招待状は届いているだろう。リアが選ばれるとは限らない」

「ですが父上。リアを見て心惹かれぬ男がいると思いますか。たとえ冷酷非道な人嫌いの大公殿下とはいえ、これほど愛らしい姫を前に冷静でいられるとは思えません！」

「ううむ、それは確かに……リアは本当に愛らしいからな」

……何やら父と兄が少し脱線した。

わざとらしい咳払いで場の雰囲気を引き戻したのは母の公妃である。

「それはともかく。ユーフィリア、あなたも我が国の公女として役目を果たす時期が来たと考えるしかないでしょう」

正論だ。ユーフィリアがさしたる不自由もなく、望んだとおりの生活を送ることができているのは、全ていつか公女としての役目を果たす時が来るからこそである。

だが……頭では判っていても、身体が拒絶反応を起こすようにガタガタと震え始める。

帝国へ花嫁候補として出向くどころか、この城から外に出ることを考えるだけで血の気が引き、全身が震え、卒倒してしまいそうだ。

今にも泣き出しそうなほどその瞳を潤ませるユーフィリアの反応は、いくら臆病な性格とはいえ、いささか度が過ぎている。

そんな彼女を窘め説き伏せるように、母は続けた。

「泣いても状況は変わりませんよ。良いですか、リア。これは私があなたと生さぬ仲であるから厳しく言っているわけではありません。いずれにしても公女であるあなたがずっと城で守られて暮らすというわけにはいかないのです」

この言葉から判るとおり、母と呼ぶ公妃との間に血のつながりはない。

ユーフィリアの実父は公王の実弟であり、母は既に滅んだ古き国の王族の末裔だ。

実の両親は生まれて間もなく揃って病で亡くなり、赤子にして孤児になってしまったユーフィリアを哀れんで、兄夫婦である公王夫妻が娘として今まで育ててくれたのである。

だからといって家族の愛情に飢えて育ったわけでは決してない。

義父母も義兄もユーフィリアにたくさんの愛情を注いで育ててくれた。

（私はお父様やお母様、そしてお兄様に恩がある。恩返しをしなくてはならないわ……）

また公女としての身分を与えられている以上は、公国のためにも身を尽くす必要があることは言われるまでもなく理解していた。

（私だって今のままでは駄目だと判っている。変わらなくちゃいけないって……でも……）

ユーフィリアの黒曜石の瞳が潤んだ。

震えは収まらず、まるで断罪を受ける罪人のように身を竦ませる彼女の姿が目に余ったのか、助け船を出してくれたのは兄である。

「まだ時間はあります。リアにも考える時間が必要でしょう」

ユグリッドに庇われて、ひとまずその場はお開きとなったが、自室に戻ったユーフィリアは、出迎えた自分付の侍女であるエラの腕に飛び込んで泣き声を上げた。

「判っているのよ。お母様が正しいわ。お父様やお兄様では言いにくかったことを、あえてお母様が仰ってくださっただけで、私を疎まれてのことではないって」

「姫様……」

「でも判っていても怖いのよ。どうしようもなく怖い……私はどうしたら良いの？」

ユーフィリアだって幼い頃からこれほど臆病な公女だったわけではない。

むしろ小さい頃は好奇心旺盛で、ユグリッドよりも活動的なお転婆娘だった。

でも今から五年ほど前、彼女の人生を一変させる出来事が起こった。

暗殺未遂事件だ。犯人はユーフィリアの身に流れる実母の古き国の血を嫌って、彼女を亡き者にしようとしたのだ。

今でもあの時の恐怖を思い出すと身が震えてなかなか止まらなくなる。

当時の専属侍女に騙（だま）されて連れ出された先で手足を拘束され、猿ぐつわを噛（か）まされ、真っ暗で狭い木箱に閉じ込められて何処とも知れない場所へ運び込まれた。

そしてその先でも真っ暗な部屋の中に閉じ込められ……ようやく誰かがやってきたかと思ったら、ギラついた目つきの見たこともない男達が自分へと手を伸ばしてくる様は幼い少女の心を凍り付かせるに充分だった。

程なく無事に救い出されたが、もしあと少し遅かったらただ殺されるだけでなく、貞操さえ奪われて大いに尊厳を傷つけられていただろう。

既に関係者はみな処刑され、公女の名誉を守るためにその事件は秘匿されている。

だが以来、ユーフィリアは城の外が怖いし、暗い場所も見知らぬ人も怖い。

身内以外の男性など恐怖の対象でしかない。

「……こんな私が帝国の舞踏会なんて……まして大公妃候補だなんて無理よ……」

すん、とユーフィリアが鼻を啜（すす）った頃だ。

高く鈴を振るような声と、コツコツと彼女の部屋の窓を叩（たた）く音が複数重なって聞こえた。

涙を拭い、窓際へと向かったユーフィリアを待っていたのは、真っ白な身体と黒い翼を持つ、愛らしい小鳥たちだ。

「あなたたち……心配してくれているの？」

アンゲナスと呼ばれるこの小鳥が、幸福を運ぶ「女神の使い」と呼ばれて久しい。

このアンゲナスはユーフィリアが「女神の愛し子」の二つ名を持つ要因の一つでもある。

臆病で滅多なことでは人前に姿を見せない小鳥が、ユーフィリアの元には日常的に姿を現し、それどころか自ら寄ってくるからだ。

今もそうだ。いち早くユーフィリアが置かれた状況を理解したのか、アンゲナスたちは群れをなして部屋を訪れ、こうして彼女を慰めるように振る舞う。

「アンゲナスも心配していますわ、姫様」

窓を開ければ、待っていましたとばかりに肩や腕に乗って身をすり寄せてくる小鳥たちの存在に癒やされながら、ユーフィリアは目を伏せた。

自分が城の奥に隠れるように生きることができる期限は残り短い。

ユーフィリアももう十八だ。公女たる自分が身を隠したまま、嫁ぐことも役目を果たすこともなければ必ず口さがない噂が立ち、その噂は優しい家族を苦しめるだろう。

それでなくともこれまで自分に届いた縁談を断り続けてオルトロールが苦しい立場に立たされたことも一度や二度ではないと知っている。

それにユーフィリアにはいつまでもここにいない方が良い理由がある。

家族のことを思うならば、この国から離れた方が良い。

それなのに断りたいと思うのは自分の我が儘でしかないと、判っているのに。

「……帝国に行ったら、あなた達には会えなくなるわね……」

諦め半分の声音で呟きながら、ユーフィリアはアンゲナスの背を指先でそっと撫でた。

公妃からの訪れを受けたのは、その四日後のことである。

項垂れるユーフィリアに母はこう言った。

「あなたを守り切れなくてごめんなさいね。でも幸い、まだ候補よ。選ばれなければ帰ってきなさい。ユグリッドも同行させます。それにあなたにも良い機会だと思うのよ。将来どんな道を歩むにせよ、あなたはもう少し外の世界を見てきた方が良いわ。狭い世界で一生を終えて欲しくないの」

少なくとも五年前から、ユーフィリアは城の外へ出たことがない。

僅かな日常生活の変化に怯え、見知らぬ人間に怯え、大きな音に怯え、ずっと身を震わせて生きてきた。

「帝国へ行けばもっと怖いこともあるかもしれない。でも、楽しいことや嬉しいことだって、これから先もっとあるはずなの。私はあなたにそれを知ってほしい」

「……お母様」

「あなただって今のままで良いとは思っていないのでしょう？　だったら、まずは変わる努力をしてみない？」

「……」

「招待に応じる代わりに皇帝陛下にもあなたの望まないことはしないでほしいと、よくよくお願いするわ。可愛い私たちのユーフィリア、どうか少しだけ勇気を出して外の世界を見ていらっしゃい」

そうすれば、今と違う世界が広がる。

これまで見えなかったものが見えるようになるかもしれない。

……結局、そう告げる母の言葉を退けることはできなかった。

ユーフィリア自身、その言葉がもっともであると理解していたから。

怖いけれど……本当に、怖くて堪らないけれど、これ以上閉じこもっていることができないなら外に出るしかない。

(そうよ。どうせ小さな公国の公女など選ばれるはずがない。静かに時を過ごして、義理を果たして戻れば良いわ)

多少は自分の噂が大げさに広まっているみたいだけれど、帝国のように大きな国ならばもっと麗しく、もっと美しい才女がいくらだっているに決まっている。

逆に噂の公女はこの程度かと、すぐに興味をなくしてくれるはずだと、そう思った。

それなのに。

実際に舞踏会会場で起こった出来事は先ほどのとおりだ。

（ああ、やっぱり私は駄目ね。どうすれば強くなれるのかしら……）

ユーフィリアはいつまでも過ぎたことを引きずっている臆病で弱い自分が大嫌いだ。

怯えながらも、結局母の言葉に乗せられたのはやっぱりそんな自分を変えたいと思う気持ちがあったからかもしれない。

でも、人はそう簡単に変わることなどできやしない。

なら、どうしたら良いだろう。

徐々に意識が浮上してくる。頭に浮かんでいた過去の出来事が薄れて、現在へと戻ってくる感覚がある。

ふわっと身体が浮き上がるような感覚に抗わずにゆっくりと目を開けた時、視界に映り込んできたのは、愛らしい小鳥の模様が描かれた見覚えのない天井だった。

「……ここ、どこ……？」

「目が覚めたのか、リア。良かった、気分はどうだ？」

聞き慣れた声に視線を横に向ければ、見慣れない部屋の中、兄のユグリッドが傍らの椅子に腰を下ろしてこちらを覗き込んでいる姿にホッとした。

どうやら自分は今、ベッドに寝かされているらしい。

兄に支えられて身を起こせば、さすがにアクセサリーや髪飾りは邪魔にならないように外されていたが、衣装に乱れた様子もない。

最後に覚えている記憶と照らし合わせて考えるに、多分緊張と恐怖のあまり倒れてしまった自分を兄が休憩室に運んでくれたのだろう。

「ごめんなさい、お兄様……私、倒れてしまったのね」

「急に沢山の人に囲まれてしまったからね。側から離れてしまってすまなかった」

緩く首を横に振った。

あれほど沢山の人に取り囲まれてしまったら、兄が押しのけられても仕方ない。

もっとも一国の公子を問答無用で押しのける帝国貴族のマナーには大きな疑問を抱くけれど。

「結局、一度もダンスは踊れなかったわ。随分練習してきたのに」

「踊りたかったのかい？」

「いいえ、この有様だもの。恥の上塗りをしてしまうだけだわ」

ユーフィリアも年頃の娘だから、舞踏会という大きな舞台に憧れが全くないと言えば嘘になる。

でも正直、ホッとしている気持ちの方が大きかった。

あんな醜態をさらしてしまっては、もう大公の花嫁候補からは外されただろう、と。

「折角の舞踏会に水を差してしまいました。せめて滞在中に皇帝陛下にも、大公殿下にもお詫びできる機会があれば良いのですけれど……」

候補から外れることは嬉しいけれど、これが原因で不興を買っては困る。

憂鬱だが礼儀は守らねばならないと、そんなことを考えていたせいだろうか。

ふいに、部屋の扉がノックされた。

ユグリッドが顔を上げて応じれば、扉の向こうから現れたのは城の侍従の制服に身を包んだ青年だ。その侍従が恭しい仕草で頭を下げると告げた。

「レヴァントリー大公殿下が、両殿下とのお目通りをご希望されております」

「えっ……」

その瞬間、さっと自分の頭から血の気が引く音を聞いた気がした。

まさか早速苦情を言いに来たのだろうか？

もしすでに怒りを買っているのだとしたら、どう詫びたら良いのだろう。

「なんと。お助けいただいただけでも充分ありがたいことだというのに、わざわざ様子を見に来てくださったのか！」

しかし青ざめ、ガタガタと震え出すユーフィリアとは対照的に、兄は大公の訪れを好意的に受け止めているようだ。

倒れる間際、恐らくだが大公と思われる青年が支えてくれたのはうっすらと覚えている。

噂では冷酷で人嫌いだと聞いていたけれど、少なくとも倒れた婦女子を床に転がしておくような人でなかったのは幸いだ。

でもユーフィリアの中ではレヴァントリー大公はとっくに会場へと戻って、他の花嫁候補と交流しているものとばかり思っていた。

困惑するユーフィリアに、兄はにっこりと誇らしげに笑って見せる。

「すぐにもお通ししてくれ。いや、こちらの方から出迎えるべきだな。良かったな、リア。早速謝罪の機会をいただけるようだ」

ユーフィリアはなんと答えれば良かったのだろう。

どうにも上手い言葉が思いつかなかったが、大公ともあろう人をいつまでも廊下で待たせるわけにはいかない。

ふらつく両足に力を込め、どうにか寝台から降りると、ドレスの確認をした。

幸いしわになりにくい素材でできているおかげで、見苦しいほど乱れてはいない。

扉が開き、その向こうから一人の青年が姿を見せたのはちょうどその時である。

相手の顔を確かめるまでもなく、華やかな青のマントを肩に掛けた正装に身を包んだその人がレヴァントリー大公アレクシスであることはすぐに理解できる。

衣装の色だけでなく、一瞬見えた彼の瞳が、鮮やかな青だったために。

深々とその場に跪くと頭を下げた。

「このたびは殿下に格別のお気遣いを賜り……深く感謝申し上げますと共に、ご迷惑をおかけしてしまいましたことをお詫び申し上げます……」

再び卒倒しても不思議ではないほどに声が震えた。

なんとかこれだけのことを言えただけでも上出来ではないだろうか。

どうかこれで勘弁してほしいと半分泣きそうになりながら、膝をついた姿勢のまま頭を下げ続けてどれほどの時間が過ぎただろう。

「顔を上げてください」

短く告げられて、従おうとしたが、震えがひときわ大きくなって満足に身体を動かすことができない。

先ほどと大差ない姿勢のまま、ドレスの裾を摑む手も、華奢な肩も、跪いた両足も崩れ落ちそうなほど震え続ける姿は、まるで真っ白でふわふわの身体をできるだけ小さく丸めて身を隠そうとしながら、怯えてカタカタと震え続ける小鳥のようだ。

「…………困ったな……」

冷酷な人物、という噂には似つかわしくない「本当に困った」という響きの声が聞こえてきて、それがほんの少しユーフィリアの身体から力を抜かせた。

（……お叱りにいらしたわけではないのかしら……？）

失態を晒してしまったという負い目と、相手への恐怖心からつい無様な出来事を責められるのかと考えてしまったけれど、違ったのかもしれない。

考えてみれば、もし大公に自分たちを責める意思があれば、近衛兵なり大公家の騎士なりを連れてくるだろうし、そもそも彼自らが足を運ぶ必要もない。

罰したいのなら問答無用で部屋からユーフィリアを引き摺りだすことも許される立場の人だ。

もしや、一方的な思い込みで逆に非礼を働いてしまったのではと思ったその時、頭の上からレヴァントリー大公の若く、そして意外にも穏やかに聞こえる声が降ってきた。

「そう畏まらないでほしい。回復したのだろうかと気になっただけなのだが……却って怯えさせてしまったようだ」

場を取り繕うように口を開いたのは兄だった。

「恐れながら、殿下自らのご訪問に妹は緊張してしまったようです。お優しいお心遣いに深く感謝申し上げます」

「いや、もう少し時間に余裕を持って先触れを出すべきでした。女性への気遣いが足りず恥じ入るばかりです」

意外にも大公と兄の会話は親しげで、少なくとも折角の舞踏会で卒倒してしまったことが問題になっている様子はなかった。

恐る恐る顔を上げる。

途端、目が合うのは先ほども認めた鮮やかな青い瞳であり、光の加減で藍色にも見える不思議な色合いの黒髪の持ち主である。

それは間違いなくダイアン帝国皇族の血筋に現れる色だ。

青が帝国にとって最も高貴な色だと言われるゆえんである。

「……っ」

初めて見る顔ではない。入国した際にも一度謁見室で皇帝と共に挨拶をしている。

でもその時ユーフィリアは頭を下げたまま床ばかり見ていて、彼の姿はチラと垣間見た（かいまみ）だけだ。

改めて近くで彼を見ると、その顔立ちは一瞬目を奪われるほど整っており、容姿の美しい男性は兄や親族で見慣れているユーフィリアでも思わず息を詰めてしまう。

男性的な頬から顎へのシャープなラインや、スッと通った鼻梁、薄い唇などが理想的な配置で収まっていて自然と目を引き寄せられるけれど、やはり一番印象的なのは意志の強さを宿した鋭いナイフを連想させる青い瞳だろうか。

無表情のままその瞳で見つめられたら、視線のナイフに胸の深い場所を貫かれるような衝撃を受けるのではないかと思わせる。

しかし今、その瞳に鋭さはない。

逆に先ほど彼が口にした「困ったな」という言葉がそのまま表情に表れていて、どこか親しみを感じさせるくらいだ。

その親しみやすさに安堵（あんど）して良いはずなのに、この時ユーフィリアは違う意味で、スッと背筋を凍えさせた。

やはり勝手に誤解して失礼な反応をしてしまったらしいと確信したために。

「も、申し訳ございませ……わ、私……」

半分涙目でひたすらにオロオロとするユーフィリアを制するように苦笑交じりに口を開いたのは、彼女が謝罪を向ける当人、レヴァントリー大公アレクシスだった。

「無事に回復されたのならそれで構いません。突然倒れるものだから、何か持病でもあるのかと気になっただけです」

「ご心配いただきましてありがとうございます。妹は至って健康です。ただ……その、ご覧のとおり少々気が弱いところがございまして、会場での出来事はやはり極度の緊張によるものでしょう。妹の非礼は私からもお詫び申し上げます」

謝罪の意を示して頭を下げようとしたユグリッドを、アレクシスは片手を上げて止めさせた。

「驚かせてしまった私も悪い。慣れぬ国で緊張するのは当然のこと。どうか気にせず、今夜はゆっくりとお休みになると良い。折角我が帝国までお越しいただいたのです。帝都だけでも見所は多くある、お帰りまでに楽しんでもらえることを願います」

彼はそう言い残して早々に部屋を出て行った。

社交辞令なのか、あるいは未だ顔色が悪いユーフィリアを気遣って長居を遠慮してくれたのか、どちらなのかは判らない。

ただはっきりしているのは、噂で聞くほど情け容赦のない青年、というわけではなさそうだ。

むしろ、意外なくらい親切で優しい青年に感じた。

そんな青年がなぜ、人嫌いだと言われるのだろう。

思いつくのは数年前の帝国での帝位継承権争いである。多くの血が流れ、多くの命が失われた。下手をすればグレシオスやアレクシスも命を落としても不思議はないと言われたほどの壮絶な出来事だったと聞く。

そんな戦いの中ではアレクシスも兄と自身を守るために非道にならねばならないこともあったかもしれない。

あるいはそうしたやりとりの中で他者に裏切られたり、傷つけられたりと距離を置きたくなるようなことも、あったのかも。

そう思うと、なぜだか胸の奥がチクリと痛んだ気がした。

その痛みに僅かに目を細めた時だ。

「お帰りまでに楽しんでもらえることを願う、か」

兄が少しばかり惜しそうに呟く声が聞こえた。

その言葉は先ほどアレクシス自身が口にしたことだ。

帰国を促す言葉の意味を兄も理解している。

平たく言えば、ユーフィリアは彼に引き留めてもらえるほど、印象に残る存在にはなれなかったということだ。

「ご期待に添えず、ごめんなさい、お兄様」

「いや、いい。見初められたら見初められたで心配になるしな。それよりも折角帝国に来たんだ、オルトロールにはないものもたくさんある。学べるところは学んで帰ろう」

「はい……」

ようやく、安堵の息を吐いた。

この時のユーフィリアとユグリッドは揃って想像もしていなかった。

まさかアレクシスとの関わりがこれで終わりではなかったことなど。


話は少しばかり遡る。

レヴァントリー大公アレクシスにとって、兄であるダイアン皇帝、グレシオス三世が自分の花嫁探しと銘打って開催したこのたびの舞踏会は決して喜ばしいものではなかった。

けれど強く拒絶することもできなかったのは、兄の思いを彼なりに理解しているからだ。

苦しい帝位争いの末にグレシオスが皇帝となって真っ先に行ったことは、陰になり日向（ひなた）

になり自身を支えた実弟のアレクシスに、帝国の歴史の中でも長年存在しなかった大公位を復活させ、広大な領地と共に与えたことだ。

一歩間違えれば自ら国を興すことさえ可能な権力と領地を与えても良いと思うほど自分を信頼してくれる気持ちは嬉しかったが、アレクシス自身にはこの大公位を未来に存続させないため結婚するつもりはなかった。

結婚して妻子を持てば、将来の大公位はその子に引き継がれる。

アレクシスが健在の内は良いが、もしものことがあればレヴァントリー大公家は皇帝にとって脅威になるかもしれないと考えたからだ。

だが、兄はこう言った。

「これから先、起こるかどうかも判らんことを心配して、今を諦める必要はないだろう。私はお前に助けてもらった。だからこそ、お前には幸せになってほしいのだ」

兄自身、皇子時代に幼馴染み(おさななじ)の令嬢と結婚し、幸せな家庭を築いているだけに同じ幸せをアレクシスに知ってほしいのだろうと思う。

正直に言えば甘い。

それもかなり、大甘だ。

(けれど兄上のこんな甘さに惹かれたのも事実だ)

だが、やはり結婚は気が進まない。

将来の問題もあるが、それ以上に彼自身が結婚したいと思えない理由があるのだ。

全ては、彼の意に添わない、しつこすぎる縁談が原因である。

そう、わざわざ花嫁選びの舞踏会など開催せずとも、アレクシスの元には現在進行形で山ほどの縁談があるのだ、それこそうんざりするくらいに。

その全てを断っているが、中には何度断っても引き下がろうとしない家や、とんでもなく強引な手段で迫ってくる女性もいて、辟易させられている。

この手の女性には皇子時代から悩まされてきた。望まない相手にしつこく迫られることは想像以上のストレスとなってアレクシスを苛んでいる。

だが自分が独身でいる間はこんな問題から逃れることはできないだろう。

いっそ適当な相手と契約結婚でもするしかないかと考えていた時、アレクシスは出会ったのである、オルトロール公国公女、ユーフィリアに。

「オルトロール公国から参りました、ユグリッドと申します。帝国の父たる皇帝陛下、母たる皇后陛下、並びに陛下をお守りする剣として高名な大公殿下に拝謁賜りましたこと、誠に光栄に存じます」

「……同じく、ユーフィリアにございます」

グレシオスの招集に応じて皇城へと訪れたオルトロール公国の美しき兄妹は、そう言って玉座の前に跪いた。

皇帝の前でも怖じ気づくことなく愛想良く振る舞う兄とは対照的に、言葉少なに頭を下げる美しく清楚な公女の姿を目にした時、アレクシスは初めて女性に目を奪われた。

彼女を見るなり脳裏に浮かんだのだ、過去に一度だけ遭遇したことのある小鳥に。

まだグレシオスが皇帝となる以前、帝位争いで他の貴族達を味方とすべく交渉のためにオルトロール公国の国境沿いまで出向いたことがある。

息も白く凍るような冬の日、雪の中を移動するアレクシスの手元に突然舞い降りたその小鳥は、真っ白な羽毛をまん丸に膨らませ、黒いつぶらな瞳でこちらを見つめていた。

目が合うと、ぴょこぴょこ小首を傾げる姿が非常に愛らしいあの小鳥の名を、案内人はなんと言っていただろう。

(そうだ、アンゲナスと言っていたんだ。幸運を運ぶ小鳥……彼女はあの時の小鳥になんとなく似ている……)

冷酷な大公だと噂されているアレクシスだが、実は動物には目がない。

だからこそあの愛らしい小鳥のことを今もまだ覚えている。

特にあの小鳥と出会ってからは、不思議と物事が上手く進んだのだ。

幸運を運ぶ鳥だというのは本当のことかと信じたくなるくらいに。

そういえばオルトロールの国鳥は、あのアンゲナスだと聞いたことがある。

彼女があの小鳥に似ていると思うのは、そのせいだろうか。

「どうした。随分と公女が気になっている様子だな」

謁見ののち、二人が目前から立ち去る姿を名残惜しげに見送っていると、まるで心を読んだように兄に指摘されて内心ギクリとした。

が、それを顔に出すことはしなかった。

「仲の良い兄妹だと思っただけです」

「そうか。まあそういうことにしておくか」

「兄上が考えているようなことではありません。どうか余計なお気遣いはなさらぬよう」

「余計ときたか。弟の幸せを願っているだけだというのに」

確かにアレクシスはユーフィリアに興味を抱いたが、だからといってそれが即座に男女の好意になるかというとそうとは限らない。

それでも、折角遠路はるばる帝国まで足を運んでくれた客人なのだから、社交辞令として声を掛け、ダンスに誘っても不自然ではないだろうと思うくらいには印象的だった。

だが。

「なんと……これほど美しい女性だったとは」

「オルトロールの公女が女神の愛し子と聞いたことはあるが、噂に違わぬ愛らしさだ」

舞踏会当日、どうやら彼女を愛らしいと感じたのはアレクシスだけではなかったようだ。

この夜はアレクシスのための舞踏会だと皆暗黙の了解であったはずなのに、多くの貴族青年達が口々に彼女を褒め称え、お近づきになろうと試みていた。

このままでは他の男に彼女を攫われてしまうかもしれないと、自分でも説明のつかない焦燥感に襲われて、さりげなさを装いながら彼女の元に近づく機会を窺っていた時だ。

臆病な小鳥のように不安げにおどおどとしていた彼女の顔色が見る間に悪くなり、その、身体がふらつき始める姿に慌てて駆け寄った。

幸い床に倒れ込む前に支えることができたが、彼女は緊張の糸が切れたようにぷっつりと意識を失ってしまったのだ。

その後様子を見に会いに行った時には、己の失態を手厳しく責められると思ったのか、ひどく怯えた様子で謝罪されてしまった。

まるで自分が無慈悲な肉食動物になったようで複雑な気分だったが、これほどに怯える彼女に気軽に近づくことなどできるわけがない。

「お帰りまでにお楽しみいただけることを願います」

そう言って引き下がるより他になかった。

「よろしいのですか、殿下」

兄妹との会話をそこそこに切り上げて部屋の外へ出れば、従者が何とも言えない顔をしている。

折角アレクシスが女性に興味を示したのに、と言わんばかりの様子に苦笑する。

「あれほど怯えられてはな……少々残念だが仕方ない。公女は見るからに社交に慣れていない様子だし、今回国から出てきたのも招待を断れなかったせいだろう」

興味のない相手に無理に結婚を迫られることがどれほど苦痛かはアレクシスも嫌というほど知っている。

少しばかり後ろ髪が引かれる思いはしたが、縁がなかったのだと思うしかない。

「どうやら私がアンゲナスから受けた幸運は、兄上を帝位に導いた時点で終わってしまったらしい」

この時点でアレクシスは仕方がないと、そう割り切っていたつもりだった。

だが状況が変わってくるのにそう多くの時間は必要としない。

思いがけず小鳥とよく似た公女と再び縁を持つのは、この数日後のことだったのである。

舞踏会から数日後、ユーフィリアは兄と共に帝都を堪能していた。

見るべき場所はいくらでもあった。何しろオルトロール公国は大陸の北にある雪国で、帝都とは建築様式も生活スタイルも習慣も何もかも違う。

帝都は別名芸術の都とも呼ばれていて、いたるところにごく自然に見事な彫刻が置かれていたり、壁画が描かれていたり、劇場や博物館も複数存在する。

流行の最先端を担う服飾店も豊富で、いくつも目を惹く商品がガラス越しに飾られてあり、兄と帝都巡りをしている間何度もユーフィリアの足を止めさせた。

それらの中でも特に彼女を喜ばせたのは書店だ。

「見てください、お兄様、本がこんなにたくさん！」

「判った。判ったから少し落ち着きなさい、よそ見していると危ないぞ」

まだまだ印刷技術が発達していない現在、本は貴重品で、公国ではなかなか手に入らない書籍も多い。

またもう一つ彼女にとって喜ばしいことは、あの舞踏会以降無理に接近してくる者がいないことだ。

「あれほどの貴族達に取り囲まれていたから、てっきり山ほどの招待状や求婚状が届くものと思っていたんだが」

「舞踏会は夢の世界ですもの。皆様も夢から現実にお戻りになっただけです」

「だが大公殿下もあれきりだ」

アレクシスのことを言われると、喜ばしいとだけは言っていられない気分になるのは、彼に対して失礼をしてしまったという後ろめたさがあるせいだ。

純粋に心配して様子を見に来てくれた人に、一方的に怯えてしまった。

改めて考えてみても、随分失礼な態度だった。

あの時の困ったような彼の顔を思い出すと、チクリと小さな痛みが胸の内を刺す。

「……申し訳ないことをしてしまいました……噂で聞くよりも、ずっと優しそうな方でしたのに」

「それは確かに……なあ、ユーフィリア、気になるなら手紙を出してみてはどうだ？」

「それは私も考えましたが、既に終わったことを掘り返して何度も謝罪されるのは、逆にご迷惑になるのではありませんか？」

「謝罪とか礼とかではなく、機嫌伺いならどうだ？　帝国にいるのもあと一週間程度の話だし、どのみち陛下には帰国の挨拶が必要になる。大公殿下にも挨拶がてら面会を申し出るのでも良いだろう」

「……その場合、何をお話しすれば？」

「あたりさわりない世間話、とか？」

兄は適当なことを言うが、そのあたりさわりない世間話がユーフィリアには難しい。

きっとまたまともな会話もできずに、今度こそ決定的な非礼を働いて怒らせてしまう可能性もある。

かといってこのまま曖昧にして国に帰るのも気が引ける。

どうしよう、と困り果てた表情をしてしまったのか、また兄は苦笑した。

「お前は難しく考えすぎだ。いや、大公殿下に目通りしようというのだから慎重になって当然のことだが、申し出てみて断られたら諦めれば良いだろう？」

「………少し考えさせてください」

困ったことや判断が付かないことに遭遇すると、つい問題を先延ばしにしようとするのはユーフィリアの悪い癖だ。

自覚していてもすぐに答えを出すことができない。せめて今日一日は悩ませてほしい。

そんなことを考えながら、帝都見学から皇城に戻ってきた時だった。

滞在中借りている客室へ向かうため途中にある庭園の脇を通り過ぎようとした時、話題の主であるアレクシスを見かけた。

どうやら彼は一人ではないらしく、その傍らには昼間だというのに肩やデコルテを大きく開いた大胆な深紅のドレスに身を包んだ令嬢がいた。

華やかで目立つ容姿の美しい令嬢だ。黄金の髪も、豊かに盛り上がった胸元も、細い腰も何もかもが人の目を扇情的に誘う。

ユーフィリアとは真逆のタイプといって良い。

「大公殿下の恋人か？」

兄と同様のことを一瞬ユーフィリアも思ったが、しかしすぐに違うと感じた。

女性の方は積極的に彼に絡んでいるが、どうもアレクシスからは恋人に対するような甘い雰囲気が一切ないからだ。

「恋人……のようには見えないのですが……それに恋人がいらっしゃるなら、わざわざ他国から花嫁候補を招くようなことをする方ではないと思います」

「確かにな……それにどうも様子が少しおかしい」

疑問を抱いている間に、アレクシスと令嬢の様子は見て判るほどに悪化した。

最低限、淑女への礼儀を守っているように見えたアレクシスの様子が、次第に明らかに迷惑そうなものに変わっていったからだ。

令嬢を冷ややかに見下ろすアレクシスの冷たい眼差しにギクリとする。

あれほど鮮やかな青い瞳で、あんな冷たく見据えられたらユーフィリアに耐えられる自信はない。

けれど令嬢の方は全く諦める様子がない。

執拗に彼の腕に縋り、振り払われても懲りることなく前に回り込んで胸に飛び込もうとしては突き放すように躱されている。

思うようにいかず、焦れた彼女の高い声が聞こえてきた。

「私の何がご不満ですか？　私は本気であなたをお慕いしています！　身分も、容姿も、教養も何一つあなたの妃として不足しているものはないと自負しておりますわ。この帝国であなた様に私以上にふさわしい女性がいるとは思えません！」

己に自信を持つのは素晴らしい。しかしそれを相手に強引に認めろと押しつけるのは違う気がする。

彼女はアレクシスのあの顔が見えていないのだろうか。

冷ややかで、苛立ちが混じっていて、それでもどう断れば穏便に済むのかと苦悩している顔を。

ユーフィリア達がいる場所が死角になっているのか、二人にはこちらの姿が見えていないようだった。

そのうちアレクシスが令嬢を振り切るようにこちらに向かって歩き出し、その後を令嬢も追ってくる。

おかげでその会話もよりはっきりと聞こえるようになった。

「アレクシス様、どうぞ私をお選びください。私は他のどんな家の娘より、お役に立てます。あなたは私の全てを自由にして良い、この身体も、家も、身分も、権力も、なんだったら帝位を奪う道具にしても……！」

ひゅっ、とユーフィリアの息が詰まった。

本能的に理解した、駄目だ、と。

他の何よりも、その最後の言葉は駄目だ。

そう思った時、アレクシスの感情を殺した低い声が聞こえた。

「ベルダン公爵令嬢」

「まあ、他人行儀な。どうぞステファニーとお呼びくださいませ」

「その言葉、それ相応の覚悟があってのことだな？」

「ええ、もちろん。全て本心です！」

　ようやくアレクシスが反応を示したせいか、令嬢の声に喜色が混じる。

　だがそれも一瞬のことだ。

「そうか。ならば私はあなたを陛下の元へ突き出さねばならない。帝位簒奪（さんだつ）を唆す、反逆者として」

「……えっ」

「帝国法に定められている。その資格もないのに皇族への簒奪教唆は血族六親等まで全て連座の上処刑だ。ベルダン公爵家の血筋は事実上この帝国から消える」

「なっ……」

「あなたはそれを承知の上で私にそのような愚かな言葉を、やかましく囀（さえず）るのか？」

　令嬢の声も顔も凍り付いた。

　さすがに空気を読まぬ相手であっても、アレクシスのその言葉が本気であると伝わったのか、カタカタとその身を震わせ始める。

「それほどの覚悟があるのならば、今この場でその首を斬るが良い。必要だというのならば私が介錯（かいしゃく）してやろう。ほら」

アレクシスが懐から短剣を取り出す。

なまじ使い込まれた短剣なだけに現実味がありすぎて、令嬢の震えが大きくなる。

その手に冷笑を浮かべながらアレクシスが短剣を押しつけようとする……そこまでがユーフィリアの限界だった。

思わず、彼らの死角になった柱の陰から一歩外へ踏み出した。

がさっと周囲の木々や、足元の石畳を踏みしめ、音が出るように。

「ユーフィリア……！」

焦った兄の声を背に受けながら、途端に自分に注がれる二対の瞳を前にユーフィリアはぶるぶると我が身にナイフを突きつけられた当人であるかのように震えながら、なけなしの勇気を振り絞ってぎこちない仕草で膝を折ると頭を下げた。

「……て、帝国の……偉大なる大公殿下にご挨拶申し上げます……」

それきり頭を下げた姿勢のまま、言葉もなく身じろぎしないユーフィリアの前で、どれほどの沈黙が続いただろうか。

先に動いたのはあの公爵令嬢だ。さすがに分が悪いと感じたらしい。

「わ、私はこちらで、失礼いたします。ごきげんよう」

パタパタと軽い足音が遠ざかっても、ユーフィリアは頭を上げない。

手も足も小刻みに震わせるほど怯えているのに、その場から立ち去ろうとしないユーフイリアにこそあの短剣が押しつけられるかと思ったが、そのようなことはなかった。

フッと漂っていた張り詰めた空気が和らぐ。

その直後、静かな声が届いた。

「……どうぞ、顔をお上げください、ユーフィリア公女」

おそるおそる顔を上げれば、あの短剣は再び彼の懐にしまわれたようだ。

あからさまな武器が視界から消えてホッとしたが、身体の芯から震える怯えはなかなか消えてくれない。

ユーフィリアの背後から兄が続いて顔を出すとアレクシスに一礼する。

「妹が大変失礼しました。どうかお許しください」

兄の謝罪に鷹揚（おうよう）に頷（うなず）きながらも、アレクシスの視線はユーフィリアから離れない。

「なぜ、私を止めようとしたのです？」

彼は突然ユーフィリアが割り込んだ理由をきちんと理解しているようだ。

つまり第三者が現れることで彼の口を塞ぎ、令嬢に立ち去る機会を与えるためだと。

先ほどの令嬢の様子では、アレクシスが怒り任せに剣を振り下ろしても不思議はなかった。いわゆる無礼打ちである。

明らかにあの令嬢の言動は度を超していた。

たとえそのようにしたところで彼が罪に問われることはなかったはずだ。

しかし、たとえ罪に問われなくとも、人は囁く。

ぎゅっと唇を噛みしめた。答えるのは怖い……だが。

「……たとえ、あのご令嬢の発言に問題があったとしても……先ほどのなさりようが世間に知れれば、責められるのはあなた様の方だと思いました」

「私が世間でどう言われようと、公女には関わりないことでは？」

「……それは……仰るとおりです。……申し訳ございません……」

そうだ、アレクシスの言うとおり彼が何をしようと、どのような評判に塗(まみ)れようとユーフィリアには関係がない。

元々、人嫌いで冷酷な人物であるという噂が広がって久しいし、今回のことも彼のそのような噂に色を添える程度だろう。

ユーフィリアが己を危険に晒してまで止めるような理由などないはずなのに。

（……どうして私は、それを嫌だと思ったのかしら）

自分でも自分の行動の理由が説明できず、唇を引き結ぶように黙り込む。

兄もどうフォローして良いものか判断できない様子で、何ともギクシャクとした空気が漂ったその時、それまで張り詰めていた空気がフッと緩んだ。

他の誰でもない、アレクシス本人によって。

「……いいや、詫びるのは私の方でしょう。怖がらせてしまい、申し訳ない。本音を言えば、止めてもらって助かった」

その声に、再び俯いていた顔をそうっと上げれば、横合いから差し込む傾きかけた陽の光が、彼の藍色がかった黒髪を輝かせるように浮かび上がらせ、まるで神話を描く絵画に登場する軍神のように彼の姿をユーフィリアの瞳に映し出している。

アレクシスもまたユーフィリアを見つめていた。

二人の視線が真正面からぶつかる。

思わず息を呑んだのは、彼の美貌もさることながら、彼の青い瞳が光の角度で驚くほど美しく澄んで見えたからだ。

「あっ……」

思えばこれほど近くで向き合うのは、これが初めてだ。

相手の顔を凝視するのは非礼に当たると、遅れて気付いたのはこの数秒後のことである。

しまったと、慌てて視線を落とし、再び謝罪をしようとした時だった。

「……失礼ながら、あなたと初めてお会いした時から思ったことがあります」

唐突にアレクシスにそう語りかけられて、口に出しかけた謝罪が喉の奥で引っかかる。

懐かしいことを思い出すように目を細める彼の眼差しが思った以上に優しく見えて、無意識のうちにユーフィリアはことりと小さく首を傾げながら、再び彼を見上げていた。

その仕草に、彼の瞳が少し感慨深げに細められることを不思議に思いながら。

「アンゲナス、という鳥がいるそうですね。オルトロール公国の国鳥でもあるとか」

唐突とも言えるアレクシスの言葉に目を丸くした。

応じる言葉は先ほどまでより、素直に唇を割って出る。

「はい。女神の使者と呼ばれる幸運を運ぶ小鳥ですね。仰るとおりです」

ユーフィリアの脳裏に手の平にのるほどの小さな、真っ白な身体と対照的に翼の黒い、コロリとした可愛らしい小鳥の姿が浮かぶ。

ここに来る前も憂鬱になるユーフィリアの心を慰めてくれた小鳥だ。

「私が大公位を賜る以前、公国の国境近くで見かけたことがあります。残念ながら出会えたのはそれきりだが……あなたと初めてお会いした時、あの小鳥を思い出した」

「……まあ」

これは、どういう意味で受け取れば良いのだろう？

アレクシスの様子を見る限り、悪い意味ではなさそうだが……もしかして、遠回しに褒められているのだろうか？

もっと直接的な言葉で賛美を向けられることには慣れているけれど、小鳥に似ているという言葉をどう受け止めて良いものか判断に迷う。

……あの可愛らしい小鳥に似ていると言われるのは、嫌な気分ではなかったけれど。

困ったようにまた小さく首を傾げる。ユーフィリアは気付いていなかったが、その首を傾ける仕草は噂の小鳥がよく見せる仕草の一つだ。

そこで自然に二人の会話に加わったのは兄だった。

「確かに、我が妹ながら愛らしい容姿といい、仕草といい、臆病な性格までよく似ているかもしれません。妹の元には、そのアンゲナスが度々飛来して参ります」

「アンゲナスを飼っているのだろうか？　無理に手に入れようとすると、その愛らしい小鳥に魅了され、堕落させられると聞いたこともありますが」

「いいえ、あちらが勝手に妹の元へ飛んでくるのです。その鳥の世話をする内に似たのかもしれませんね」

「お兄様……！」

からかう兄の言葉にむっと頬を膨らませた。褒めているのかけなされているのか判らない気分だ。

だがその兄妹の言葉をアレクシスは不快には思わなかったらしい。

「それは羨ましい話です。もう一度出会えたらと願っているのだが、あれ以来一度もお目にかかれていない」

過去に一度だけ見かけた小鳥のことを思い出しているのか、ことのほかアレクシスの眼差しは優しい。

もしかして、とユーフィリアは恐る恐る問いかけた。

「あの……大公殿下は、小鳥がお好きなのですか？」

「意外に思われるでしょうが、小鳥にかかわらず動物全般を好みます。その中でも特に、小さく愛らしい小動物を好ましいと思っています」

一瞬の間を置いて、ユーフィリアの頬から首にかけて淡く色づいてしまったのも仕方がないだろう。

だってつい先ほど、アレクシス本人から小鳥に似ていると言われたばかりだ。

その小鳥を含めた小動物が好ましいという言葉が、ひどく意味深なものに聞こえてしまったのは、決してユーフィリアだけが特別に自意識過剰なわけではない、と思いたい。

妹の反応に、ユグリッドが「おや？」と言わんばかりの顔をする。

次第にその眼差しが微妙な雰囲気に変わっていくことに気付かず、ユーフィリアは何かを思い出したようにドレスの隠しから一枚のハンカチを取り出した。

「あの……手持ちのもので大変恐縮なのですが、先日助けていただいたお礼と、先ほどの非礼のお詫びに……もしよろしければ……」

「これは？」

「庭に来るアンゲナスをスケッチして、私が刺繍したものです。アンゲナスの姿を模したものも御利益があると言われておりますので……どうか殿下に幸運が訪れますように」

ハンカチを目の前で広げられて緊張した。

できるだけ丁寧に刺したし、ここ数年では一番の出来だと思って持ってきたものだが、贈り物に慣れているアレクシスにはみすぼらしいものかもしれない、とそこまで考えてハッとした。

（アンゲナスがお好きだと仰るから、つい差し出してしまったけれど、贈り物を渡すならきちんと丁寧に包んだものをお渡しすべきだったわ。挙げ句に未使用とはいえ手持ちの品を渡すなんて……！）

相手は帝国の大公なのだ。

公女のお下がりを喜ぶ使用人とはまるで違う。

「あ、あの……や、やっぱり、その、改めて作り直したものを…………」

オロオロと取り下げようとしたが、しかし帝国に滞在するのもあと数日のことだ。その数日で新たなハンカチが縫えるだろうか。

そもそも我ながら上手くできたとはいえ、本職のお針子でもない公女の手慰みものが大公にふさわしいだろうか。

何より可愛らしい小鳥の意匠のハンカチなんて、立派な年齢の男性にはふさわしくないかもしれない。

次々と頭の中を駆け巡るネガティブ思考に、再びみるみる顔色を青ざめさせていくユーフィリアだったが、しげしげとハンカチを眺めて視線を上げたアレクシスの反応は彼女が想像していたものとは全く違っていた。

彼は、笑ったのだ。

とても穏やかに、嬉しそうに。

「公女のお心遣いを、ありがたく頂戴します。この数年で最も嬉しい贈り物だ」

「……そ、それは、その…………こ、光栄です…………」

またもユーフィリアの頬の熱が上がった。

どうしよう、と動揺する。

噂では本当に冷酷で恐ろしい人物だと聞いていたのに、つい少し前の令嬢に対する彼の反応を見ればその噂もあながち嘘ではなさそうなのに、真実冷たい人には見えない。

それどころか、本当はとても親切で優しい人なのでは、なんて思ってしまう。

まだ何度も顔を合わせていない相手だ。それにもかかわらず、どうしてそんなふうに感じてしまうのか、自分で自分がよく判らなくて困る。

「お返しに私からも何か贈り物をしなくてはなりませんね」

今だってそうだ。穏やかにそう言われると、恐怖とは違う意味でドキドキした。

「い、いえ、そんな！　ただの手持ち品ですし……‼」

「では、こちらもただの手持ち品です、ちょうど良い」

言い様、アレクシスは胸元からラペルピンを外してユーフィリアの手の平に載せる。

金とサファイアで作られたそれは汎用性の高いシンプルなデザインだが、その分使いやすそうな大公の持ちのものとして遜色ない、上品で美しい品だ。

「そのまま使用するのでも好きに加工するのでもご自由に。石の品質は保証します」

とてもではないが手慰みに刺した刺繍では釣り合わないと思うけれど、こうして渡されたものをここで突き返す方が非礼だ。

それに……この贈り物が、ユーフィリアは素直に嬉しかった。

だってこのサファイアは彼の瞳の色によく似ていたから。

「……ありがとうございます。記念に、大切にいたします……」

先ほどアレクシスはここ数年の内で最も嬉しい贈り物だと言ってくれたが、同じことがユーフィリアにも言えるだろう。

大切そうに両手で包み込みながら、ここでやっと綻んだユーフィリアの笑顔にアレクシスは僅かに目を見開き……そして静かに目を閉じた。

「それでは、私どもはこちらで。ありがとうございます」

兄に促されてユーフィリアも別れのお辞儀をすると、アレクシスの元から離れる。

背に感じる彼の視線が妙に気になるのは、思わぬ交流によるものなのかもしれない。

「それにしてもお前も臆病かと思えば随分と大胆な真似(まね)をする」

しげしげとユグリッドがそう告げたのは、与えられた客室に戻ってからのことだ。

その意味が判らず首を傾げた。

「それは確かに、つたないものをお贈りしたのはまずかったかと、私も思いますが……」

「違う、そうじゃない。まさかお前、知らないのか？　未婚の男女が、自身が身につけていた物を差し出すのは求愛行為だぞ。私をあなたのそばに置いてください、という意味だ」

「……えっ……」

「そしてそのお返しに、同じく身につけていた品を贈り返すのはその求愛を受け入れるという意思表示だ」

「ええっ⁉」

「つまりお前の方から大公殿下に求愛して、それをあちらも受け入れたことになる。その手のことをしっかり教えていなかったこちらも悪いが、まさかあそこであんなことになるとは予測していなかった」

「ちょ、ちょっと待ってください。大公殿下がそれをご存じないなんてことは……？」

「あちらは日頃から散々その手の求愛行為を受け続けている方だぞ。知らないなんてことがあるわけがない」

でもアレクシスはユーフィリアのハンカチを受け取って、そして自らもラペルピンを贈り返してくれた。

「……と、いうことは……？」

「この数年で一番嬉しい贈り物だと言っていただろう。つまり、そういうことなんじゃないのか？」

承知の上で受け入れた、ということだ。

まさか、あの話の流れで？

どうして。

その瞬間、ユーフィリアの身体がふらっと傾いた。

慣れた手つきで支えてくれる兄の腕の中で意識を飛ばしながら、ユーフィリアは思う。

ああ、どうかあのやりとりをアレクシスがただの社交辞令だと思ってくれていますように、と。

深い意味はなかったのです。ただ、贈りたいと思ったからそうしただけなのです。

しかし、それはただの願望でしかない。

ユーフィリアの願いむなしく、その翌日、皇帝、グレシオスから昼食の席に誘う招待状が届いたのだった。

第二章

「本当に喜ばしい話だ。これまで多くの縁談を退けていたアレクシスが、こうもあっさりと受け入れるとは、運命の出会いの前にはどれほどの堅物な男も無力であるらしい」

皇帝、グレシオス三世は真実心から弟の結婚を望んでいたらしい。

アレクシスとユーフィリアが手持ち品を交換したと知るやいなや、皇帝はすぐさまその縁談を纏めるべく動き出し、翌日には多くの貴族が知るところになっていたのである。

「ユーフィリア公女。我が弟を、どうかよろしく頼む。人嫌いだの冷酷な大公だのと世間では言われているが、とんでもない。実際は家族想いの優しい男だ。あなたのことも必ず大切にするだろう」

違うんです、あれは誤解なんです、そんなに深い意味があるなんて知らなかったんです。

……とは口が裂けても言えない雰囲気である。

どうしよう、と思っても全てが手遅れ、折角のランチもまるで味が判らない。

「早速だが急いで式の準備をせねばならないな。すぐにオルトロール公国にも報せ(しら)をやらねば。ユグリッド公子、協力してもらえるか」

「もちろんでございます。ですが、妹については一つだけ懸念事項がございます」

「なんだ、聞かせてほしい」

「ユーフィリアは公国で大切に育ててきた世間知らずな娘です。また、たいそう臆病なところもございまして、はたして大公妃という大役が務まるかどうか心配です」

一応は、ユグリッドもささやかな抵抗はしてくれるつもりのようだ。

しかし、それはどうやら無駄なあがきであったらしい。

グレシオス三世は兄の心配に理解を示すように頷きながらも、こう答えた。

「なに、案ずる必要はない。大公家には有能な人間が幾人もいる。アレクシスも含め、妃を支えてくれるだろう。それに私としては弟が家庭を持つ気になってくれただけでも公女には感謝したい気持ちでいっぱいだ。おかげでベルダン公爵家からの縁談も退けることができる」

「兄上」

何とも言えない表情でアレクシスが兄を宥めるが皇帝は頓着しない。

「お前もあの令嬢には相当に手を焼いていただろう。妃が決まったとなればあちらもそれ以上は迫ることはできまい。少なくとも表向きにはな。私もお前に望まぬ結婚を強いずに済んでホッとしている」

皇帝の言葉の意味が判らないほどにはユーフィリアも無知ではない。

ベルダン公爵家はグレシオスが帝位に就く際に率先して味方してくれた大貴族であると聞いたことがある。公爵家の助力なしでは帝国はもっと混迷の時期を長く過ごしていたか、下手をすれば今の皇帝も大公も存在しなかったのではと言われるくらい、大きな影響力を持った王侯貴族だ。

グレシオスが既婚者でなければステファニーが現在の皇后となっていてもおかしくはなかった。

皇弟であり大公であるアレクシスの妃に、という話が出るのは自然な流れのように思える。

けれどステファニーとの結婚をアレクシスは望んでいないし、グレシオスも公爵への手前、はっきりと言葉にせずとも快くは思っていなかったのだろう。

あんなやりとりを目にしてしまった後では、二人の気持ちは判る……でも。

（なんだか、絶対に断るなと釘を刺された気分……）

何を話したか、何を食べたかも判らない昼食の時間がようやく終わりを告げた時、既にユーフィリアはいつ卒倒しても不思議はないほど疲労困憊になっていた。

しかしまだ彼女は部屋でゆっくりと休むことはできそうにない。

「あなたと話したいことがあります。少しお時間をもらえますか」

アレクシスからのその申し出にユーフィリアは素直に応じた。

話をせねばと思っていたのは、こちらも同じだから。

三人でアレクシスの先導により庭のガゼボへ移動したのち、兄には少し距離を空けて待機してもらったところで彼はこう告げた。

「こちらの事情に巻き込んで申し訳ない。あの時のあなたからの贈り物は、純粋に私の幸福を願ってくれただけで、特別な意図はないと理解しています」

「……は、はい……」

「私もあなたの真心には返礼をせねばと考えてのことだったのですが……その時のやりとりを兄の影に目撃されていたらしい」

影とは、いわゆる密偵のようなものだ。

あらゆることを見聞きしては皇帝に情報を届ける役目を担っている。

「否定はしましたが、兄はそれでも構わぬと。ここ数年で私が女性に好意的な反応を返したのはあなただけだったので」

「……そ、そうだったの、ですか………」

正直、だから結婚と言われても困る。だが、今の彼の言葉そのものは迷惑ではない。それどころかじわっと頰が熱くなって、視線が彷徨(さまよ)ってしまう。

自分で自分の感情に戸惑うユーフィリアを見つめ、アレクシスは苦笑した。

「あなたからすれば、さぞ困惑したでしょう。兄の言葉は忘れてもらって構わない。私の方から説明はしておきます。ですが」

一度言葉を切って、アレクシスがユーフィリアを見つめる。

まっすぐなその眼差しに思わずドキッとすると、彼は続けてこう言った。

「私があなたを望んでいるのは事実です」

大きく目を見開くユーフィリアに、アレクシスはほんの少し笑った。

「結婚とはどちらか一方の希望だけで、強制するものではない。望まない相手からの求愛がどれほど苦痛かは私も経験しているから」

「……」

「それでも、もしあなたに僅かでもこの話を受けても良いと思う気持ちがあるなら、考えてはもらえませんか。まだ数度しか顔を合わせておらず、お互いに知らないことばかりだが……私は結婚するならばできることならその相手はあなたが良い」

……もう、本当に倒れてしまいたかったが、どうにか己の身体に力を込めると耐えた。

それでも頬に猛烈な勢いで血が上るのを止めることはできなかったけれど。

「……どうして私をお望みになるのですか？　殿下にとって、我がオルトロール公国と縁を結ぶメリットはないように思います。それに私は、オルトロール公王夫妻の実の娘ではありません」

ユーフィリアが公王の姪であり養女であることは一部では知られた話だ。

率直なユーフィリアの問いに彼は何度目かの苦笑を浮かべて答えた。

「あなたの出自に何一つ瑕疵はない。それにメリットを望むのならばとうの昔に相手を定めていた。そんなものよりも、私が結婚相手に望むものはこれから先の人生を共に過ごせる穏やかな時間です」

これは、なんと答えれば良いのだろう。

全く予想もしていなかったことの連続で、ユーフィリアには何もかもが急すぎて思考も心も追いついていかない。

そもそもこんな臆病者に大公妃なんて大役が務まるとも思えないし、断れるのなら断るのが一番だと思う。

だが……ふと、考えてしまった。

(断ってどうするの？　このまま国に帰って、また臆病な公女として家族のお荷物になりながら城に閉じこもる生活を続けるつもり？)

ユーフィリアなりに臆病になってしまった原因がある。

でもいつまでもそれを理由に全てのことから逃げ回っていて良いはずはない。

臆病な自分が嫌いで、この性格をなんとかしなくてはと誰よりも強く思っているのはユーフィリア自身だ。

それに。

「……私がお断りしたら……あなたはあの方とご結婚なさるのですか」

「それは、先ほども申し上げたとおり、あなたが気にすることではありません」

「仰るとおりです。ですが……」

先ほど皇帝との会話の中では、まるで自分との結婚を利用されているような、断るなと釘を刺されているようで複雑な気分になったというのに、改めて今彼の隣にステファニーが寄り添う姿を想像すると胃の辺りがムカムカとする。

「それを嫌だと思ってしまう気持ちが、あるのです……」

消え入りそうな声で漏れ出た自分の言葉に、自分で驚いた。

同じようにアレクシスも驚いて目を丸くしている。

「も、申し訳ありません。余計なことを……！」

慌てて口を塞ごうとする、その手を突然取られてびくっと肩が揺れた。

ただ手を取り合うことさえ、身内以外の男性とは経験がないユーフィリアには、手袋越しであってもアレクシスから伝わる体温が熱すぎる。

「あ、あの……どうか、お手を……」

離してください、と訴えるよりも先に彼の唇が開く方が早かった。

「先ほども申し上げたとおり、私はあなたに望まぬ結婚を強いるつもりはありません。だが、あなたにほんの僅かでも私へ気持ちがあるのであればその限りではない」

まっすぐに向けられるアレクシスの瞳に熱が籠もるのが判った。

こんなのはおかしい、だって自分たちがまともに顔を合わせた機会は本当に少ない。

結婚を判断するにはあまりにもお互いのことを知らなすぎる、それなのに。

「結婚していただけませんか。大切にします。あなたが不安に思うことは、私が一つずつ解決していくと誓うから」

「……そ、それは……」

「初めて会った瞬間から、私のアンゲナスはあなただった」

幸運を運ぶという、真っ白な羽毛と黒い翼を持つ愛らしい小鳥。

オルトロールにいた頃、人前にはなかなか姿を見せないと言われるその小鳥は、幾度もユーフィリアの元に現れては可憐な姿で心を和ませてくれた。

アレクシスが求めているのはメリットよりも何よりも、穏やかな時間だと言った。

アンゲナスと同じことが、自分も彼にできるだろうか？

心は迷うのに、唇は自然と動き、心のままに言葉を紡いでしまう。

まるでそれが、自分の本心だと言わんばかりに。

「……私で、よろしければ………」

アレクシスの顔に喜色が浮かぶ。

素直な喜びを表し、跪くとユーフィリアの手の甲に口付けを落とすアレクシスを前に、もはや否と答える言葉は存在しない。

少し離れた場所でこちらの様子を窺っていた兄が、全てを察したように何とも言えない表情で肩を竦めるのが判ったが、それ以上何も言えなかった。

こうしてユーフィリアとレヴァントリー大公アレクシスの婚姻が決まった。

二人の意思が固まると、その後は早かった。

「余計な横槍を入れぬためにも、正式な婚約が調うまではこの話は極秘にしたい。特にベルダン公爵やその娘の耳に入ると面倒です」

アレクシスの言葉にはユーフィリアも異論はないが、だが婚約まで隠したとしてもその後知られるのではやはり妨害があるのではないかと不安になった。

そう思わせるくらい、あの時のベルダン公爵令嬢のアレクシスへの執着は強いように感じたのだ。

気弱で情けない話だが、あの公爵令嬢に絡まれて自分が毅然と対処できる自信はない。

「公女の心配はもっともです。けれどそちらについては私に考えがある。だからあなたは何の憂いもなく、嫁いできてほしい」

「は、はい……その……よろしくお願いします……」

アレクシスに瞳を覗き込むようにして熱心に告げられると、どうしてもユーフィリアの頬は赤くなってしまう。

（ああ、お兄様、そんな生温い眼差しで見ないで。あんなに怯えていたくせに、ずいぶんな手の平返しだってことは、自分でも判っているから！）

つい先日まで、ユーフィリアは自分が結婚するなんて夢にも思っていなかった。

いや、こんな臆病な自分に結婚なんて無理だと思っていた。

思いがけない心と状況の変化に一番戸惑っているのは自分自身だ。

ユーフィリアとユグリッドの帰国と共に、突然の報せにオルトロール公国ではたいそうな騒ぎとなったが、結局ユーフィリアとアレクシスとの婚約はその半月後には書面上で締結が完了していた。

アレクシスはこの結婚をよほど望んでいたのだろう。

まるでユーフィリアの気が変わらぬ内にと、大公と公女の結婚としては異例の期間で準備を進め、婚約期間も含め出会って三ヶ月という早さで婚礼の日が決定したのである。

「私は本当に正しい判断をしたのかしら。その場の雰囲気に流されてしまっただけではないの？」

周囲がお祭り騒ぎになる一方で、結婚が決まってからもユーフィリアは何度も考えた。

正直に言えば、アレクシスの求愛を前に雰囲気に流されてしまった感は大いにある。

冷酷な人だと聞いていたのに、実際に会ってみれば親切で、目下の人間にも礼儀正しく、動物、それも小さな小動物が好きだという心優しい人。

もちろん彼がグレシオス三世を帝位に就けるために過去に様々な策略を練り、言葉に出せないような酷薄な判断を下したことがあるのも事実だろうけれど、それは彼の一部分であって全てではない。

アレクシスは魅力的な男性だ。しかしただの貴族の青年ではない。ダイアン帝国皇帝の唯一の弟にして、オルトロール公国の国土以上に広い領地を治める大公だ。

臆病な自分に大公妃なんて役目が本当に務まるのだろうかと、何度も何度も考えた。

婚礼の日が近づくにつれ、不安はどんどん大きくなる。

でも、そんな気弱なユーフィリアを励ます存在が二つある。

一つはアンゲナスだ。

冬の目撃情報が多いことで有名だが、それは餌の少ない時期に人里近くまで降りてくるからであってアンゲナス自体は年間を通してオルトロール公国をはじめとした北の生息地に存在している。

その中でも特にお気に入りなのがユーフィリアの庭だ。

パタパタと小さな翼を羽ばたかせて、目の届く場所で数羽身を寄せ合いながらこちらを見つめ、右に左にコテンコテンと首を傾げる愛らしい仕草を見ていると、自然と口元がほころび、同時にアレクシスのことを思い出す。

すると胸の奥に小さく甘い刺激が走る。

そしてそのアレクシス当人からは一週間と間を空けずに手紙が届く。

これが二つ目の励ましだ。

その手紙にはいつだってユーフィリアへの気遣いに溢れている。

『突然、家族の元から離れ、他国へと嫁ぐことになったのですから、あなたが不安を抱くのは当然のことです。ですが今後は私自身があなたの家族になります。私の力が及ぶ限り、あなたをお守りします、完全に憂いなくというのは難しいかもしれませんが、どうか私を信じて嫁いでいらしてください』

他にも、早く会いたいと、あなたと共にいられる時間を夢見ていると、年頃の娘が舞い上がるような言葉が幾つも並んでいる。

これまでどのような美しい令嬢にもなびかなかったという話なのに、一体自分の何が彼のお気に召したのか、未だに判らない。

まさか小鳥に似た女性しか愛せないというわけでもあるまいし。

けれど彼のこの言葉を信じたい、と思う気持ちに嘘はなかった。

それに一度彼の求愛を受け入れ婚約まで済ませた今になって、やっぱり怖いから結婚はナシで、なんて話が通じるはずがない。

もし破談となったら、帝国からのオルトロール公国への心証は最悪となり、両親や兄、ひいては民に多大な影響を与える。

何より、花嫁に逃げられた情けない男としてアレクシスの名にも泥を塗ってしまうことになる。

こんなにたくさん気遣ってくれる人を傷つけるなんてできるはずがない。

彼の笑顔を思い浮かべては、臆病になる自分の心を窘めた。

「……そうよね。自分で決めたのだもの、ここで逃げ出したら私はいつまでも変われないままだわ。臆病な自分を変えたいのでしょう、ユーフィリア。しっかりしなさい」

それでも不安になる時は、彼からの手紙を幾度も読み返した。

そして二人の再会は季節が夏から秋へと衣替えを終えた頃にやってくるのだった。

「この日を迎えるまで、一日が一年にも二年にも匹敵するような気持ちでした。あなたを歓迎します、ユーフィリア公女」

「あ、ありがとうございます……」

婚礼の一週間前に帝国へと再び舞い戻ったユーフィリアを、アレクシスは自ら帝都の城壁前まで出迎えに来てくれた。

通常どのような貴賓であっても、皇族がここまで出てくることはないだけに、彼の言葉が口先だけのものではないと多くの者に知らしめる形となる。

歓迎を示したのは皇帝も同じだ。

グレシオス三世もまたアレクシスほどではないにしても城の正門前で待ち構えていて、アレクシスに手を引かれて馬車から降りてきたユーフィリアに声を掛けてくれたのだ。

「ようこそ、ユーフィリア公女。あなたの到着を知らせる先触れが来る前から、今か今かと待ちわびていたアレクシスの姿を見せてやりたいくらいだ」

「余計なことを言わないでください、兄上」

「事実だろう。どんな美女にも心を許さぬ氷の大公と言われていたアレクシスがひとたび恋に落ちるとこれほど情熱的な男だったとは、兄の私も知らなかった。あなたが帰国した後、どのようなことがあったか一つ一つ語ってやりたいくらいだ」

「兄上！」

グレシオスとアレクシスのやりとりは、心から信頼し合っているのだと一目で判るほど親しい。

アレクシスは余計なことを言うなと兄に訴えたけれど、到着したその夜ごく内輪で開かれた晩餐の席で聞かされた「ユーフィリアが帰国した後」の話は、緊張で固まっていた彼女の心を大いに和らげてくれた。

「まず、アレクシスのハンカチ事件というのがあってだな」

「兄上、ですから余計な話は」

「この通り、日頃無愛想で冷酷だと言われる男が、それはそれは可愛らしいハンカチを大切にしていてだな」

「……それって、もしかして……」

アレクシスの可愛らしいハンカチ。

そう聞いて思い出すのは、ユーフィリアが譲ったアンゲナスの刺繍が施されたものだ。

ちらっとアレクシスを見れば、少年のようにむくれた顔をしているので、きっと間違いないのだろう。

「いやはや、貴族達の間であの大公にこんな可愛らしい趣味があったのかと有名になってな」

「私は隠していたはずです。それを皆に広めたのは兄上でしょう」

「良いではないか。大公にも可愛らしいところがあるらしい、と主にご婦人方の間で好評だったぞ。おかげで今社交界では、小鳥のモチーフが入った物が流行している。何でも良縁に恵まれる幸運のお守りだとかでな」

ニヤニヤと皇帝は笑う。

対してアレクシスの目元が赤い。

同じくらいユーフィリアの頬も赤くなった。

揶揄（からか）われてしまったアレクシスには申し訳ないが、自分からの贈り物を大切にしていると聞かされて悪い気はしない。

ちなみにアレクシスから貰ったサファイアのラペルピンは、加工せずそのままの姿で今、ユーフィリアの胸元を飾っている。

そしてもう一つ聞かされた話は、密かにユーフィリアが案じていたベルダン公爵令嬢のことだ。

今日まで二人の婚約と結婚はトントン拍子に進んできたが、しかしやはりというか婚約が知られた直後に公爵令嬢、ステファニーとその父親であるベルダン公爵からは激しい抗議があったのだという。

「あの……一体どうなったのでしょうか。納得していただけたのですか？」

そちらの問題はオルトロール公国でも不安視されていた問題だ。

ユーフィリアの問いにアレクシスは苦笑しながら首を横に振る。

「公爵令嬢が納得するということはない。しかし父親を肯かせることはできた。少なくとも以前のように気軽に城へ姿を見せることはできないから、あまり心配しないでほしい」

聞いた話によればベルダン公爵令嬢ステファニーは、皇帝と大公二人の結束によって王都から離れたオルトロールとは逆側の国境沿いを守る辺境伯との婚約が成立したという。

正式な婚姻はまだもう少し先となるようだが、既にステファニーは嫁ぎ先の辺境伯の元へ行っていて、今後滅多なことでは王都に戻ってはこないだろう、というのが二人の弁だった。

あれほどアレクシスに執着を見せていた彼女がどんな気持ちでそれを受け入れたのか、という思いはある。

辺境伯も国防の要となる高位貴族であることに間違いはないが、大公と比較すると見劣りがするのは否めない。

しかし父親の公爵が肯いたというのだから、それに見合う取り引きは既に済んでいるのだろう。ここはユーフィリアがあれこれと口を出す必要はなさそうだと判断して、ひとまずは胸を撫で下ろした。

残る問題はユーフィリア自身だ。だがそれは自分でなんとかするしかない。

「慣れない土地で不安になることも多いと思います。どうかその不安をため込まず、都度相談してください。あなたにとって最大の味方でありもっとも頼りにできる存在となれるよう努力します」

まっすぐに目を見て告げてくれるアレクシスに、ぎこちなく微笑（ほほえ）み返した。

正直まだ怯える気持ちはある。皇帝はもちろん、アレクシスにだって緊張するし、臆病で人見知りをする性格がすぐに改善されるはずもない。

でもこの時のアレクシスの言葉は、確かにユーフィリアに勇気を与えた。

「ありがとうございます。どうぞ、よろしくお願いいたします」

「こちらこそ、どうぞよろしく。奥方殿」

奥方。

面はゆい言葉に、やっとユーフィリアは笑った。

素直な、花が開くような笑みで。

そんな彼女の笑みを前にアレクシスも笑う。

この人となら、きっとこの先も上手くやっていける……そんな気がした。


国教会の鐘塔から響き渡る祝福の音色がダイアン帝国の帝都中に広まった。

この日、皇弟レヴァントリー大公アレクシスとオルトロール公国公女ユーフィリアとの婚礼が行われ、つつがなく二人は夫婦の誓いを交わした。

その後続く先祖への報告も、帝都の大公家で開かれた大規模な披露宴も済ませ、若い二人はあらかじめ用意されていた夫婦の寝室で、その契りを交わす運びとなっている。

未だ祝いが続く披露宴からそっと抜け出す新郎新婦を引き留める者はいない。

けれど今夜が初夜であることは全ての人間が承知しているわけで、それを思うとユーフィリアの身体は石のように固まってしまう。

そんな彼女の緊張は、一足遅れてアレクシスが夫婦の寝室に現れた時に頂点を迎えた。

「大丈夫ですか。今夜は随分疲れたでしょう」

「……い、いえ……だ、だいじょう、ぶ……」

では全くなさそうなユーフィリアである。

照明を最小限まで絞られた寝室の中で、彼女のプラチナブロンドの髪がひときわ輝いて見える。

その髪に負けず劣らず真珠色の肌が、暗がりの中で生々しく浮き上がってアレクシスの目に届いていることに、彼女は気付いていない。

華奢な身体を包む、薄いナイトドレスも相まって、より一層ユーフィリアを頼りなげに、儚げに見せていることにも、だ。

アレクシスが一歩近づく。

硬直しているユーフィリアの元へ、さらに一歩……もう一歩。

彼が近づいてくる様に身を強ばらせながらじっと耐えていたけれど、さすがにその手が届く範囲にまで近づかれると冷静ではいられなかった。

「公女。……いや、ユーフィリア」

呼び捨てられて、びくっと肩が跳ねた。

名を呼ばれること自体は嬉しいことのはずなのに、明らかにこれまでとは違う雰囲気を纏ったアレクシスに彼女は怯えた。

どんなに心を落ち着けさせようとしても、身体の芯からこみ上げてくる緊張と怯えを抑えることは難しい。

　そんな彼女をこれ以上怖がらせないようにするためか、アレクシスは少し距離を空けたところで立ち止まり、静かに声を掛けてくる。

「今夜、あなたと私は夫婦になった。そのことは承知しているね」

　心なしか彼の口調もこれまでと少し違う。

　もう客人としては扱わない、という意思表示のように感じた。

「……は、い…………っ……」

　初夜の寝室で「ふつつか者ですがどうぞ末永くよろしくお願いいたします」と伝えようと思っていたのに、今のユーフィリアは極限の緊張でそんな言葉すら上手く口にできない。

　せめてもと、深々と頭を下げる。

　覚悟はした。きちんとしてきたつもりだ。

　母も、何も恐れることなどない、夫婦ならば当然のことだとそう言っていた。

　結婚した新妻ならば、誰もが通ってきた道である。

　だから平気だ、大丈夫、何も殺されるわけではない。

　しかしどれほどそう自分に言い聞かせても、ガタガタと見て判るほどの身体の震えは止まらず……そんなユーフィリアにアレクシスは静かに声を掛ける。

　自分をこれ以上怯えさせないようにと気遣いが感じられる穏やかな声音で。

「疲れただろう。今夜はこのまま休もう」

「えっ……」

「もう肌寒い時期だ。身体を冷やしてはいけない、寝台に入ってゆっくり眠りなさい」

「で、でも……」

「大丈夫だから。心配しなくて良い」

それは、とても優しい言葉だった。

それと同時にユーフィリアの胸に刺さる言葉でもあった。

臆病な自分のせいで、本来行わねばならない夫婦の契りさえもまともに行えないと判断されたのだと理解した。

アレクシスが悪いわけではもちろんなくて、弱すぎる自分が悪い。

優しい彼に、いらぬ気遣いをさせてしまった。

そう自覚した途端、大きく見開いた眦からポロリと涙が一滴こぼれ落ちる。

ぎょっとしたのはアレクシスの方だ。

無理もない。精一杯気遣ったはずの花嫁が、ぽろぽろと泣き出してしまったのだから。

「ちょっ、待て……いや、……私は、あなたを傷つけてしまったのだろうか」

少しばかり動揺しながら問うアレクシスに首を横に振った。

「じゃあなぜ」

「……っ……私は、自分が、情けないのです…………」

本当に、心から情けない。今まで生きてきた中でもずば抜けて情けない。

「私、ちゃんと覚悟を決めてきたのです……そのはずなのです、なのに……どうしても身体が、震えて……止まらなくて……！」

嗚咽（おえつ）混じりになりながらも、精一杯伝えた。

ここで黙り込んでは夫となった人にあらぬ誤解を与えてしまうかもしれない。

決して彼を拒絶しているわけではないのだと、それだけは判ってほしい。

ユーフィリアの身体がそっと引き寄せられたのはその時のことだ。

一瞬自分の身を襲った出来事が理解できず、けれど驚きのあまり涙が引っ込んだ。

寝台の上で彼に抱きしめられているのだと気付いたのは、顔を押し当てられたその胸の奥からドクドクと早い調子で響く鼓動を聞いてからだ。

腰や背に回る逞（たくま）しい腕と、重なった場所から直に伝わるその体温が生々しいのに、意識するとユーフィリアの全身が熱を持って赤く染まる。

聞こえるアレクシスの鼓動の音が次第にユーフィリアのものと重なって、同じ速度で脈打つようになるのが判った。

「……私の鼓動が聞こえるか？」

低く耳元で囁く声に、こくこくと肯いた。

先ほどまで以上に身体に力が入るが、その理由は恐怖とは違う。

「……私も、緊張している。あなたと同じだ」

「えっ……」

信じられない言葉を聞いたとばかりに、恐る恐る顔を上げた。

すると自分を見下ろす彼の顔があって、その頬から首筋、耳朶にかけてが頼りない灯りの中でも判るほど真っ赤に染まっている。

目が合うと、どこかばつが悪そうに視線をそらされた。

でもそれは拒絶されたわけではなく……羞恥によるものなのだろう。

だってやっぱり、その耳が赤いから。

「……殿下も、緊張なさるのですか？」

「当たり前だろう、好きな女性と結婚した夜に、冷静でいられるほど朴念仁じゃない」

ユーフィリアの頬も染まる。

ドキドキとさらに速くなる鼓動の理由はなんだろう。

どうしてそれほど自分を好いてくれているのだろう。まだ彼に好かれるようなことは何もできていないはずなのに。

そう考えていると、そっと抱きしめられていた身を引き離される。

「と、とにかく。今夜は休もう、私も朝からずっと緊張していて疲れただろうし……っ」

ここでアレクシスが言葉を止めた理由は何だろう。

何やら妙に自分の胸元に視線が注がれているような気がしてユーフィリアが己の胸を見やれば……思いがけず大胆に開き、覗（のぞ）いている肌に驚いた。

どうやら先ほど抱きしめられた際に、滑りの良いシルクでできたリボンが一つほどけてしまったらしい。

ナイトドレスの下には、もちろん下着など身につけてはいない。

「あっ……！」

華奢な見た目からは意外なほど深い陰影を作る胸の谷間が覗いていて、慌てて手の平で押さえた。

が、一度二人の間に訪れた奇妙な沈黙は続く。

手で隠しても、アレクシスの視線はユーフィリアの胸元に、首筋に、そしてほんの少し乱れた髪にまで注がれている。

心なしか彼の息づかいが速く感じるのは、つまりそういうことだろうか？

「……あ、の……」

なんと言えば良いのか判らず、おずおずと伺うように彼の顔を見た。

再び襲ってきた緊張と、先ほど覚えたばかりの羞恥で潤んだ瞳で下から覗き込むように見つめる視線が男の目にどう見えるのかも理解できないままの眼差しで。

アレクシスの青の瞳が大きく揺らいだように見えたのは、気のせいだろうか？

「……リア」

不意に、故郷で家族に呼ばれる愛称が聞こえて瞬きする。

再び掻き抱くように抱き寄せられたのはその直後のことだった。

「きゃっ……あ、む……っ……！」

けれど今度はただ抱きしめられるだけではなかった。

後頭部に回った大きな手に顎を上向かされて、天を仰ぐ。

アレクシスの瞳が近づいてきたと思った直後には、唇を塞がれて思考が飛んだ。

「ん、ふっ……」

突然のことに上手く呼吸ができない。

溺れた人のようにもがき、息を吸おうと大きく口を開けば、すかさず角度を変えてさらに深く口付けられ、口内を味わうようにぬるりと忍び込んだ熱い舌の感触に肩が跳ね上がった。

異性との口付けなんてもちろん経験がない。

挙式の誓いも、この国では新郎が新婦の額に口付けるだけ。

よってこれがユーフィリアにとって正真正銘の初めての口付けになる。

経験のない出来事に身体が驚いて、後ろに逃げそうになった。

けれどしっかりと抱え込む彼の手が逃さず、それどころか腰に回った方の手が大きく広げられて、薄いナイトドレスの生地越しに身体を探り始められたから堪らない。

「ひあっ……！」

腰から背中へ上がったと思ったら、一気に尻まで下がって柔らかな肉を包まれる。

異性に尻を掴まれるなんて経験ももちろんユーフィリアには存在せず、信じられないアレクシスの暴挙に目を白黒させて慌てて身を捩ろうとするも、追いかけてきた唇に再び唇を囚われ、舌を絡め取られてめまいがした。

「んっ……」

身を捩ればさらに深く抱き込まれて、ユーフィリアの胸がアレクシスの胸にこすれる。

少し擦れただけでほどけてしまうような繊細なシルク生地のリボンは、さらにもう一つ、二つとほどけて胸元の乱れは大きくなり、大きくははだけられてしまった。

もう殆ど前を隠すもののなくなった裸の胸同士が重なる。

お互いにうっすらと汗を滲ませているせいか、まるで肌が貼り付くような感覚だった。

触れる彼の身体がひどく熱い。

「……リア……ユーフィリア……」

熱に浮かされたような声で彼が名を呼ぶ。

そんな声で呼ばれると、ユーフィリアの身体もつられて熱くなる。同時に腹の奥で奇妙

な疼きが芽生える気がした。

一体自分の身に何が起こったのかもろくに理解できていないのに、なんだか酷く危うく淫らな状況になっているのは理解できる。

とにかく一度落ち着かなくてはと、彼との間に距離を取ろうとするものの、アレクシスの両腕に阻まれて身動きもままならなくなった。

「ひゃっ……！」

かろうじて僅かに身体を左右に揺らすと、擦れた胸の先から予期しないビリッと痺れるような刺激が走って思わず奇妙な声が出てしまった。

突然様子の変わったアレクシスと、奇妙な熱が燻りはじめる自分の身体の変化にひたすら困惑し続ける。

そんな彼女をさらに混乱の坩堝に陥れたのは、やはりアレクシスだ。

先ほどまで彼は確かに、身を引こうとしていた。

ユーフィリアを気遣い、お互いに疲れているだろうから今夜は無理をせずゆっくり休もうと。

けれど今、アレクシスはそんな気遣いを忘れたようにユーフィリアの身を寝台へと押し倒す。

「で、殿下……っ！」

背に触れるシーツの滑らかな感触が素肌に触れて、また肩がピクッと跳ね上がったが、アレクシスは頓着しない。

真上から、磔（はりつけ）にするかのようにのし掛かってくる彼の顔がすぐそこにある。

室内にかすかに響く荒い息づかいは、ユーフィリアとアレクシスのどちらのものだろう。あるいは二人共だろうか。

大きく見開く彼女の黒目がちの瞳を見つめて、アレクシスは呟いた。

「……アレクシスだ」

「えっ」

「私の名は知っているだろう？　妻に殿下などと敬称で呼ばれたくはない」

思わず口ごもる。

ユーフィリアにとってその名を呼ぶのはなかなかに難易度が高い。どうしても恐れ多いという気持ちになるからだ。

けれど確かに夫となった人をいつまでも殿下と呼び続けるのもよそよそしすぎる。

これが完全なる政略結婚ならまだしも、一応は望み望まれて結ばれた縁なのだから、今よりももっと仲を深める努力は必要だ。

「……あ、アレクシス様……」

だからユーフィリアはその名を呼んだ。

と同時に、胸の奥にツキンとした痛みのような感覚が走るのは、緊張のせいだろうか、あるいはときめきのせいだろうか。

先ほどから激しく脈打ち続ける鼓動はもう追いかけることさえ難しい。

「ユーフィリア……リア」

そしてアレクシスは再び彼女の愛称を呼ぶ。リア、と。

なんだか奇妙な感じがした。

彼が家族になったのだと思う気持ちはまだどこか現実味がないけれど……彼にそう呼ばれると、なんとなく甘酸っぱい野いちごを口にしたような、自然と顎の奥をぎゅっと嚙みしめるような不思議な味わいが広がる気がする。

多分この時ユーフィリアは、そんな気持ちのままに彼を見つめていた。

「……ふ……」

彼女を覗き込むように、アレクシスが再び顔を近づけてくる。

そして唇を重ねる。今度はまるで小鳥がついばむかのような、軽く優しいキスを何度も。

「ん……」

いきなり深い口付けを与えられた時は動揺の方が強かったけれど、今のキスは心地良い。

未だ戸惑いが消えることはなくとも、どこか陶然とした様子で長い睫を閉じるユーフィリアに、アレクシスは幾度もキスの雨を降らせる。

淡く色づいた小さな唇に、リンゴのように赤くなっている頬に、僅かに濡れる睫に、そして折れそうなほどに細いその首筋に。

「……っ……」

またも、胸の先からビリッと走るような強い刺激を感じて身を竦めた。

彼の胸板に潰されていた胸の先が、その湿った肌に擦れて受けた刺激だ。

先ほどは偶発的な出来事のようなものだったけれど、今は違う。

ユーフィリアの露わになった乳房に彼の手が触れている。その形と大きさ、そして柔らかさを確かめるように。

横から、下から、絞り出すように両手で寄せあげられて、そのてっぺんで存在を主張する胸の頂きはこれまでユーフィリア自身ですら見たことがないくらい赤く充血し、膨らみ尖っていた。

その充血して尖った先端を彼が指先で撫でた。

「……身体のわりに、ここは随分と立派だな……」

「やっ、あっ……！　ひっ……！」

くに、とそこを指で挟むように扱かれて、びりびりっと甘い刺激が走る。

強すぎる刺激をユーフィリアの頭は一瞬痛みとして受け取るのに、同時に背骨から腰骨を溶かすような甘い刺激のようにも感じられて、彼女の呼吸はさらに乱れた。

己の身体を改めて隠したくても、リボンがほどけて肌を滑り落ちたナイトドレスは今や二人の足元で布の塊となっている。

せめて彼の手を押しやろうとしたけれど、ユーフィリアの意図に気付いているのかいないのか、アレクシスが強弱を付けてその膨らみを揉みしだくたび、じわ、じわ、と奇妙に熱い感覚が胸の奥からこみ上げてきて手に力が入らない。

「……あなたの肌は、本当に白いな……まるで雪のようだ」

感慨深く呟きながら、胸の片方から離れた彼の手が脇から滑るように腹を撫でる。

長年武器を握り、皮膚が硬くなった手の平で撫でられると、肌を擽られるような、ぞわぞわとしたじっとしていられない感覚に身震いした。

腹まで下りたその手は再びユーフィリアの呼吸に合わせて健気に揺れる赤い先端へと舞い戻る。

「んっ……ん、んっ……」

ぷっくりと膨れたその場所を、爪でひっかくように弄られる度に鼻から抜けるような色づいた声が漏れ、ぴく、ぴくと肩が跳ねた。

かと思えばぎゅうっとつまみ、引っ張り上げられる。

乳房も、その先も強く扱われると、未熟な果実に残った芯を潰されるようで少し痛いのに、同時に彼の硬い手に宥められるように肌を撫でられると、その痛みさえ奇妙に甘やかな癖になりそうな感覚を与えてくるのだからどうしようもない。

ここまででもユーフィリアにとっては全てが未知の経験だ。

熱も、刺激も、小さな痛みも、どう受け止めてどう逃して良いか判らないまま、また新たな感覚が加えられて、彼女の思考を奪う。

「あ、あ……あっ……」

アレクシスはユーフィリアの乳房を再び絞り出すように掴むと、尖ったその先を天に向かってくびり出す。

そして涙ぐんだ彼女の視界で見せつけるようにそこへ顔を近づけ……大きく口を開くと、差し出した舌でゆっくりと片方の乳首に吸い付いた。

「んんっ！」

ぞくっと胸から肩、首筋と背骨にかけて駆け抜ける愉悦に僅かに腰が浮き上がった。

ねっとりと熱く絡みつく彼の舌が与えてくる刺激が快感だと理解してしまうと、ユーフィリアの身体の奥で未熟だった果実が熟し、どろりと蕩けていくような錯覚を覚える。

まるで経血が溢れ出るように、両足の奥からごぷり、と何かが溢れ出る感覚がした。

つま先がシーツを蹴る。チロチロと舌先で擽るように愛撫されて、右へ左へ頭を振る度、癖のないプラチナブロンドがパサパサと軽い音を立てて乱れていく。

「ん、ん、ふ……」

飴玉（あめだま）のようにそこを舐（な）め転がされ、かと思えば強く吸い立てられ、軽く甘嚙みされ。

初めての感覚の連続に呼吸を乱しながらビクビクと身もだえするユーフィリアは、もはや自分の身体をどうすれば良いのか見当も付かない。

淫らな悪戯を仕掛ける彼の頭を両手で引き剝がそうとしたけれど、やはり手に力が入らず、その黒髪を乱すだけ。

神経がむき出しにされたような乳首を存分に味わい、やっと口を離したと思えば今度はもう片方にも吸い付かれて、くぐもった喘（あえ）ぎ混じりの息づかいが漏れるばかりだ。

「ん、あ、ぁん……」

オルトロール公国では、北国ということもあって真夏でも肌を焼くほどの熱気はない。そのためか文化の違いか女性も男性もローブやマントを愛用していて、帝国の女性のように身体の線が露わになるドレスはあまり身につけない。

女性は何よりも清楚な貞淑さを好まれ、ほっそりと凹凸が控えめな体格が好まれる。そのせいかユーフィリアは、衣装に隠された華奢な身体のわりに少し大きく膨らんだアンバランスな自分の胸があまり好きではなかった。

でも今アレクシスは、そのアンバランスな胸にやたらとご執心だ。

揉んで、撫でて、揺らして、舐め、そして吸い上げて嚙みつく。

思いつくありとあらゆる手段で可愛がられるその場所は、彼の唾液に塗れて濡れ光り、ちょっとした空気の流れや温度の差を敏感に感じ取って身体を震わせてしまうくらいになっていた。

「良い肌触りだ。ずっとこうしていたい……」

どこか倒錯的な声音で呟きながら、胸の膨らみに頬を寄せて口付けを繰り返す彼の行為はいささか執拗だ。

と同時にアレクシスは、懸命に声を殺しながらも控えめに喘ぐユーフィリアの声も堪能しているらしい。

「もっと啼いてくれ、あなたの可愛らしい声が聞きたい」

やっと胸元から顔を離した彼が、今度は首筋へと口付ける。

晒された喉に幾度もリップ音を響かせながら耳朶に辿り着き舌を這わせられると、ぞくっと全身が大きく震えるくらいの身震いと共に高い声が出た。

「ひあっ！」

身震いと共に、合わせていた両足が思わず崩れる。

すかさず、その僅かな腿と腿の間に差し込まれた彼の手に、ぐいっと両足を開かされてしまう。

あっと思った時には片膝を割り入れられて、閉じることができない。

バクバクと胸の下で暴れ回る鼓動が過剰なほどの血液を送り込んでくるようで、既にユーフィリアの肌は汗が珠を結んでしたたり落ちるほどに濡れていた。

だが、濡れているのは肌だけではない。

「あ……やっ………」

開かれた両足の間がすうすうするのは、そこが何も隠すものなく晒されているせい。

そして……そこもまたしとどに濡れているせいだった。

「や、やめ………っ」

アレクシスの片手が、ユーフィリアのへその下あたりで円を描くように撫でる。

温かくて、擦れる肌の感触はまたぞくぞくと神経を刺激する妖しい感覚を与えてくるけれど、もちろんその手がいつまでもそこにあるわけではない。

少しずつ、見せつけるように下へ下へと動いていく彼の手の行く末を察して、慌てて両手でその手を摑む。

けれど、アレクシスのもう片方の手が隙を縫うようにあっさりとその場所に到達して、秘裂を下からなぞり上げるような仕草に、頬が熱くなった。

「あっ、や、そんなとこ……」

「ここに触らないとどうしようもない。……覚悟はしてきたのだろう?」

少し前、今日は何もしないと身を引こうとした彼の行動が嘘のようだった。

確かにユーフィリアはそう言って彼を引き留めようとしたけれど、でも、と紅潮した顔で喘ぐ。

うるうるとその黒曜石の瞳を潤ませるユーフィリアに、どこか熱に浮かされたような眼差しでアレクシスは微笑んだ。

「大丈夫だ、充分濡れている。……ここはまだ控えめだが」

「ひうっ！」

秘裂の上部で顔を出し始めた小さな突起を優しくなぞられて、腰が跳ねた。まだ皮を被ったままの慎ましい花の芽なのに、信じられないくらい強い刺激に目の前がチカチカする。

「少し膨らんできた。……あなたは、ここも可愛らしい」

一体何が可愛いというのか判らないまま、気がつけば両膝を持ち上げられるようにさらに大きく両足が開かれている。

大切に秘めなければならないはずの場所を露わにされるように。

身体の最も繊細な部分を、腰が浮き上がるほどに開かれている。

強い羞恥でじたばたと両足をばたつかせるのに、膝裏を抑える彼の手はびくともしない。

「な、何を……」

ユーフィリアの事前に仕入れた知識では、ここまで晒す必要はなかったはずだ。

ナイトドレスを全て脱ぐ必要もなかったはずだし、必要な愛撫を施して、足りなければ香油で潤して、そして身を繋げれば良い……そのはずだったのに、アレクシスはユーフィリアのその場所を見ている。

じっくりと、まだ閉じたままの小さな入り口も、襞や陰核の形までも把握するように。

「い、いやっ……！」

強烈な羞恥に襲われて、ポロリと涙がひとしずく、こめかみを伝い落ちたけれど、ユーフィリアの泣き声はすぐにこれまで以上に甲高い喘ぎに変えられてしまった。

というのも、晒されたその場所にアレクシスが顔を埋めたからだ。そして舌を這わせる、まるで食らいつくように。

「ああぁっ‼」

ぞろりと熱い舌で入り口を割り、襞を舐め上げられる感覚も強烈な快感だったが、それ以上に陰核に吸い付かれる刺激は容易くユーフィリアを狂わせた。

「んっ、ん、あ、ああっ！」

決して乱暴ではない、そのはずなのに被った皮を指で剝かれ、むき出しになった花芽を尖らせた舌で擽るように舐められると、それだけで音を立てる勢いで身体の奥から愛液が零れ出る。

吸い上げられればまだ何も食んでいない腹の奥が波打つように蠕動して、閉じていたはずの入り口を痙攣させる。

痛いぐらいに蠢くその場所と、燻り溢れそうになる熱の強さにユーフィリアは幾度も腰を揺らし、下腹を波打たせた。

気持ち良い。

そう、今まで経験したことがない種類の強烈な快感だ。

はっきりそう自覚すると、快感はさらに大きくなる、理性を根こそぎ奪うように。

腰が揺れ続ける、右へ左へ、そして上下へ。

がくがくとわななく腰の奥で、炎を纏った子蛇が暴れ回るような感覚に、何度も逃れようとするのにアレクシスは離すどころかひときわ強く吸い立てて、ユーフィリアを愉悦で身もだえさせた。

はくはくと物欲しげにわななくその内側に、ずぶりと指が一本沈んだのはその時だ。

そこに何かを受け入れるなんて初めてなのに、そのはずなのに、しとどに濡れているせいか、あるいは蕩け始めていたせいか、痛みはなかった。

ただ圧迫感と、物足りなさは存在していて、またそれがユーフィリアの腰を無意識に揺れさせる。

二本目の指が沈む。

さすがに無視できない圧迫感と痛みに襲われたけれど、熱く潤った内側を探るように幾度か抜き差しし、内壁を撫でられているうちに次第に痛みよりももどかしさの方が強くなる。

「あ、ああ、殿下、んんっ！」

「アレクシスだ」

言い様アレクシスの親指が、陰核のてっぺんを擦り上げた。

腰から背骨に痺れる快感が走り、大きく腰が跳ね上がる。

内側に収められたままのその指を食い締めるように締め上げて、ユーフィリアはがくがくと幾度も腰を跳ね、震わせた。

じわっとその場所が灼けるようだ。呼吸が上手くできなくて苦しい、頭がぼうっとするのに、快感だけが強烈に全身に広がる。

初めての経験に自分が達したという事実も判らず大きく息を乱すユーフィリアの中から、ずるりと指が引き抜かれたのはその時である。

あっ、と小さな声を上げ、いつの間にか閉じていた瞼を上げた。

「あ……」

大きく開かされた両足の間で、膝立ちしたアレクシスが己の下肢の寝間着を緩めている。

半ば熱病に浮かされたようにぼうっと見つめていたユーフィリアの目に、戒めを解かれてぼろりと飛び出すように表に零れ出た彼自身が見えた。

……とたん、ぎょっとした。

アレクシスの下肢から伸びるそれは間違いなく彼の身体の一部で、いわゆる男性器というものだというのは理解したが……想像していた以上に大きすぎる。

確か、花嫁教育の中では男性のものが女性の中へ入ることで営みは成立すると聞いた。

だが、興奮して猛ったそれはユーフィリアの想像以上で、彼女の目には一瞬それが獲物に狙いを定め、鎌首をもたげる蛇に見えた。

「ひっ……！」

今にもその先端がパカッと割れて、鋭い牙を覗かせるのではないか。

そう思うと腹の内が冷えた。まるで真冬の空に放り出されたように。

そんなものが自分の中に入るのか、本当に？

それで串刺しにされたら、死んでしまうのではないだろうか。

あるいは内側から牙を立てられて喰われてしまうのでは？

「い、いや……っ」

脳裏によぎるのは故郷にいた頃に見かけた、とある出来事だ。

まだ羽根も生えそろわぬ雛が巣穴から落ちて、地面で頼りなげにぴぃぴぃと鳴いていた。

巣に戻してやろうとしたところまでは良かったが、ユーフィリアが人を探しているうちにいつの間にか雛の元には蛇が忍び寄っていて、こちらが気付いたその瞬間、雛を丸呑みにしてしまったのだ。

蛇の口からはみ出た雛の足がパタパタと苦しげにもがき、やがて見えなくなってしまった時の衝撃がはっきりと蘇る。

今のユーフィリアは、まるであの時の雛と同じ気分だ。

しかし彼女の怯えにアレクシスは気付かず、どこか熱に浮かされるような表情でグロテスクにも見える長大なそれを片手で支えると、僅かに綻んだ彼女の入り口へと押し当ててくる。

「っ……！」

ぐっと押し込められる感覚に目を剝いた。

腰が逃げるように後ろへ下がったが、ユーフィリアのその行動は初心な乙女が未知の体験に少しばかり恐れをなしたものと判断されたらしい。

恥じらい怯える乙女を優しく、そして少しばかり強引に導くことは、夫として許される範囲の行動だ。

もちろんそこに、真実に結ばれたいと願う気持ちがあればこそ、だが。

アレクシスが読み違えたとしたらこの時のユーフィリアの怯えが、恥じらいを遙かに超えた恐怖であったことに気付かなかったことだろうか。

「いっ、いやっ……‼」

逃げる腰を押さえつけられ、両足をさらに深く抱え込まれる。

止めてと身を捩ろうとしても、できることは僅かに身体を揺らすことだけ。

つい先ほどまで高まり浮かされていた熱も一気に冷えて、今彼女の肌を湿らせるのは冷たい汗だ。

もう少し室内が明るければ、新妻の顔が真っ青になっていることにきっとアレクシスは気づけただろう。

しかし……薄暗い寝室の中、冷静とは言えない状況の中で彼に気づけというのも酷な話ではないだろうか。

「リア……」

熱っぽく彼が名を呼ぶ。

その声は甘く優しいのに、ぐいぐいと腰を押しつける行為は止めようとしない。

その先が僅かに入り口へとめり込む。

ただそれだけで引き裂かれるような痛みに声が詰まった。

彼女にはそれが、あの獰猛(どうもう)な蛇が内側で牙を剝いたようにしか思えなかった。

そしてそこまでがユーフィリアの限界だったのだ。

過ぎた恐怖にすうっと意識が遠くなる。つい先ほどまでもがくように強ばっていた彼女の身体から、急に力が抜けたことはアレクシスにもすぐに伝わったらしい。

「ユーフィリア？」

ここでようやく新妻の様子に気付いた彼は、さぞ驚いたことだろう。

何しろ今まさに結ばれようという初夜の床で、花嫁が意識を飛ばしていたのだから。

こうなると、すっかり初夜どころの話ではなくなっていた。

「ユーフィリア⁉　しっかりしろ、ユーフィリア！」

ぐったりと目を閉じた彼女の頬をアレクシスが指で軽く叩く。

肌の大半を露出した無防備な姿でオロオロと新妻の介抱をしようとしているアレクシスの姿ははっきり言って相当間抜けだが、本人は必死だ。

「くそ、どうしたら良いんだ？　医者……⁉　しかし彼女のこんな姿をいくら医者とはいえ晒すのは……」

ユーフィリアが意識を取り戻したのは、それから間もなくだ。

幸い気を失っていたのは僅かな時間だったようで、うっすらと目を開けた彼女の様子に明らかにアレクシスがホッと息を吐いている。

「意識が戻ったか？　大丈夫か、辛くないだろうか。医者を呼ぶか？」

気がついた時、ユーフィリアの身体はシーツでぐるぐる巻きにされていた。

どうやらアレクシスがそうしてくれたらしい。

おかげで心の強ばりは幾分マシになる。

「……アレクシス、様……？」

「そうだ、ああ、良かった。何が起こったのかと気が気じゃなかった……身体は大丈夫か？」

　問われてぎこちなく肯いた。

　少なくとも今は痛みや違和感を訴えるところはない……はずだ。

　シーツの中でもぞもぞと動くユーフィリアをアレクシスが心配そうに見つめている。

　どうやら相当心配させてしまったらしい……無理もない。

　初夜の床で突然新婦が気を失ったのだ。

　今のアレクシスからは是が非でも身体を繋げようという獰猛さがすっかりなりを潜めて、どこかばつが悪そうだ。

「それほど痛んだか？　私はあなたに、無理を強いてしまったのだろうか……」

　悔いの滲む声に首を横に振るも、脳裏にあの鎌首をもたげた蛇の姿を思い出すとまた身体の奥からカタカタと震えてしまう。

「い、いえ……ただ、その……へ、蛇が……」

「蛇？」

　小鳥に蛇は天敵である。狙いを定めて睨（にら）まれては生きた心地もしない。

　しかしアレクシスには、ユーフィリアの言う「蛇」が何のことか理解できなかったようだ。

　まさか室内に蛇がいるのかと、サイドチェストに置いていたランプを摑み周囲を照らすが、もちろん本物の「蛇」がいるわけがない。

「いないようだが……」

が、アレクシスもそこで気付いたらしい。

なぜならユーフィリアのいかにも怖々といった視線が、自分の腰に向けられているのだから。

ちなみにあの獰猛なブツは今、寝間着の下に収めている。

それが、衣服の下でどんな状況なのかまでは説明しないけれど。

「……まさか?」

彼の顔に何とも言えない微妙な表情が浮かんだのはもっともと言えようか。

夫からの複雑そうな眼差しを受けて、ユーフィリアは己の身体を守るように両腕で身を縮こまらせると、震える声で詫びた。

「ご、ごめんなさい……違うっていうのは、判っているんです……でも……」

花嫁教育の際に母から告げられた言葉が蘇った。

『夫婦の夜に慣れるまでは、全てを殿方にお任せしなさい。目を閉じて、身を委ねるの。……全てに向き合うのは当分先のことで良いわ』

確かにそう言っていた。

母の助言は抽象的すぎて何を指しているのかが判らなかったけれど、もしかしたらこういうことなのかもしれない。

あの巨大な男性のものを目にしなければ、目を閉じて身を委ねていれば、きっと今頃ユーフィリアの感じている恐怖はまだいくらか和らいだだろうに。

よく考えもせず、好奇心のままに目を向けてしまった自分が愚かだったのだ。

まさかあんなに恐ろしい形状をしているなんて知らなかったから。

「本当に、ごめんなさい、でも、蛇……蛇が……っ……」

「……あなたの言いたいことはなんとなく判った。頼むから、蛇、蛇と連呼してくれるな」

この時のアレクシスの様子をなんと表現すれば良いのだろう。

情けなさと切なさと、全身を襲う脱力感と……まあ、その心情は推して知るべしである。

そして情けないのはユーフィリアも同じだ。

自分が臆病で未熟であるばかりに、彼にそんな顔をさせてしまった。

(初夜が夫婦にとってどれだけ大切なことかは教わっていたのに……私ったら、こんな大事なこともきちんと行えないなんて……)

アレクシスに呆（あき）れられて嫌われたらどうしよう、とそう考えるとハラハラと涙がこぼれ落ちる。

そしてその涙は後から後から溢れ出て止まらない。

自分の失敗を誤魔化(ごまか)すために泣くなんて卑怯者(ひきょうもの)のすることだ。

とにかく今は改めて仕切り直してもらえないかと頼むべきだと判っているのに、謝罪は嗚咽混じりに震えて上手く言葉にならない。

「ごめ、んなさい……も、しわけ……」

せめて謝意を伝えなくてはと強ばる身体を起こして寝台の上で頭を下げるけれど、先ほどまでの行為の余韻のせいか、どうにも上手く身体に力が入らない。

できないことばかりだと思うとまた情けなさが強くこみ上げて、ひっく、と嗚咽で肩が揺れた。

そんなユーフィリアをアレクシスは困ったように見つめている。

当たり前だ。彼だって反応に困るだろう。

なぜ初めての夜に新妻に気を失うほど恐れられて、挙げ句に泣きじゃくりながら謝罪を受けなくてはならないのか。

しかも彼の大事な部分を蛇呼ばわりである。

恐らく十人中、半数……いやそれ以上の男性は怒るか呆れるか、愛想を尽かすのではないだろうか。

もっともそんな経験をした男性を十人も知らないので、割合に全く根拠はないけれど。

「……っく、ご、なさ、わた……き、らわないで……すみま、せ………」

しかしアレクシスは幸いにして根拠のない割合の、少数派の男性であったらしい。

微妙な顔をし、困ったように天を仰ぎ、そしてどこか落ち込んだように肩を落としながらも、それでも泣くユーフィリアを見限るような真似はしなかった。

「……一つ確認したい。……あなたは、その……見慣れないものが、恐ろしく感じただけで、その……私に触れられたくない、というわけではない……という認識で良いだろうか？」

何とも遠回しな言い方だが、ある意味そうなってしまっても仕方ないだろう。

男兄弟や親しい友人相手ならばともかく、目の前でカタカタと震えている儚げな女性を前にズバリと「自分のブツが怖いのか」なんて問えるはずもないだろうから。

ユーフィリアは溢れる涙を何度も手で拭いながら肯いた。

「は、い……」

アレクシスとの触れ合いは驚いたし、正直に言えば少し怖くも感じたけれど、それ以上に幸福と喜びも感じた。

彼が精一杯優しくしてくれているのは判ったし、アレさえ目にしなければ。

本当にあの蛇さえ視界に入れなければ……!!

はあ、と小さな溜息が聞こえた。

その溜息にびくっとまた身が揺れてしまうけれど、その震えを抑えるようにそっと抱え込まれる。

「大丈夫だ、泣かなくて良い。私の方も気遣いが足りなかった。慣れないあなたを、もっと気に掛けるべきだったと反省している」

ユーフィリアを責めても良いはずなのに、優しい言葉にまた涙腺が緩む。

感情のままに再びボロボロと涙をこぼすと、その様子にまたアレクシスを驚かせてしまったらしい。

「落ち着いて、大丈夫。あなたに酷いことをしたいわけじゃない。まして責めるつもりもない。あなたは何も悪くないのだから」

アレクシスにまるで小さな子どもをあやすように背を叩かれた。

彼が優しくて、なおのこと涙が出てくる。

そう、アレクシスは優しい。

優しいから、最初は無理をしなくても良いと言ってくれたのに、それを覚悟はできているのだからと自分から懇願した結果だったのに。

よりにもよって相手に気遣わせる形で初めての夜が失敗してしまったのだと思うと、申し訳なさで身の置き所もない。

「……ご、ごめ、なさ…………っ」

「大丈夫だから、泣かないで」

「ごめんなさい……ごめんなさい……ごめ……っ……」

未知の出来事や見慣れないものは誰だって怖い。

でも他の女性なら乗り越えられることに、耐えられない自分が悔しい。

こんなに優しくしてくれているのに、妻失格だ。

泣きじゃくるユーフィリアを抱え込んで、アレクシスはどれくらいじっとしていただろう。

彼自身考えることはあるはずだし、きっとプライドやその心を傷つけてしまったはずだ。

優しい人を拒絶するような格好になってしまったことが申し訳なくて、謝罪を繰り返すユーフィリアの背を再び軽く叩いて、やがて彼は口を開いた。

「もう一つ、教えてほしい」

「……」

「あなたは、本当は結婚などしたくなかったのだろうか？　私に求められて断れなかったから、仕方なく応じた？」

問われて、ハッと顔を上げた。

涙に濡れた視界の向こうで、不安そうな夫の顔が歪んで見えて、ユーフィリアは大きく首を横に振ると両手を伸ばし、彼の肩にすがりつく。

それは殆ど衝動的な行動だったけれど、この夜彼女が掴んだ唯一の正しい行動であったかもしれない。

言葉よりも雄弁に、懸命に抱きつく両腕に力を込める彼女の反応に、アレクシスはホッとしたように笑うとその背を抱き返す。

「……それなら良いんだ。そうだな……考えてみれば無理もない。私たちはまだ、会話が足りていないのだろうな」

出会ってまだ数ヶ月、その時交わした会話もほんの僅か。

婚姻までを離れて過ごし、その間に手紙のやりとりは何度もしていたけれど、面と向かって言葉を交わすようになってからもまだ日が浅い。

全てにおいてトントン拍子に進んだからこその弊害だとも言える。

「泣かなくて良い。まだよく知りもしない男に身体を開くのが怖いのは当たり前だ」

「……そんな、こと……私が、臆病なだけで……っ……」

「それも踏まえて、こちらがもっと気遣うべきだった」

どうあってもユーフィリアを悪いと言わず、責めもしない彼に、胸の内に何ともいえない熱が生まれる。

快感とか愉悦とか、そういった直接的な刺激とは別の熱だ。

「……どうしてあなたは、そんなに優しいのですか……？」

再び顔を上げ、彼の瞳を覗き込む。

びくびくとしながらも、その腕に収まったままのユーフィリアにアレクシスはまた笑い、そして瞼の上に口付けると告げた。

「当たり前だ。あなたは私が望んだ大切な妻なのだから」

その後、アレクシスは一度寝室を出て行った。

てっきり初夜にして別々の寝室で休むことになってしまうのかと落ち込んだが、不安げなこちらの表情に気付いた彼は言いにくそうに言葉を濁しながら、

「少し、身体を整えてきたい。……すぐに戻るから、先に休んでいなさい」

そう言って身を翻した。

なんとなく理解した。今まさに一つになろうとするほど昂ぶった男性の身体は、そう簡単には落ち着かないのだと。

笑っていても彼がどことなく辛そうで、ますます酷いことをしてしまったと後悔するけれど、もしあのまま続けられていたら多分ユーフィリアは弁明する余裕もなく朝まで意識を飛ばしてしまっていただろう。

初夜の床で泣き出す花嫁と、気絶して朝を迎えてしまう花嫁。

どちらがマシかは判らないが、まだ誤解を解こうと懸命に会話できる状況であったことは幸いだったのかもしれない。

それに身体を整える必要があるのはユーフィリアも同じだ。

「失礼いたします、奥様。大公殿下のご指示で参りました。入室してもよろしいでしょうか？」

まるでそれを見越したように寝室の外から侍女の声がかかる。

この状態を知られることは避けたかったけれど、二人が上手く結ばれることができなかった事実はすぐに知られることだ。

「ええ……構いません」

許可を得て入室した侍女は、余計なことは何も言わず、表情にも出さず、ユーフィリアの身を清め、寝台を整え、手早く己の仕事を終えると退出していく。

その頃には入れ替わるようにアレクシスが戻ってきて、彼は再びユーフィリアを寝台に導くと身を横たえた。

もちろん、ユーフィリアの身体を再び探るような真似はしない。

ただ静かに並んで眠りに就いただけだ。

もっとも彼が真実安らかな眠りを得られるのだろうかという疑問は拭えないけれど。

「……アレクシス様……」

「今夜はもう眠りなさい。焦らずともこれから先ずっと共にいる。あなたが私に慣れ、怯える必要がないと思えるようになるまで」

その言葉にまた胸の奥が熱くなる。

本当に、誰がこの人を冷酷だと言ったのだろう。

それとも……冷酷だと人に言われるほど、この優しい人が本質を殺してそう振る舞わなくてはならなかった過去が壮絶すぎたのだろうか。

「……はい。……でも」

「でも？」

「……あなたを怖くないと思える時がきたら……もう、側にはいてくださらないのですか？」

もじもじと尋ねる。上手く受け入れることができなかったのに、こんな甘えるようなことを言うなんてどうなのだろう。

そう思ったけれど、問わずにはいられなかったユーフィリアの言葉に、アレクシスは一瞬目を丸くし、そして破顔した。

「もちろん側にいる。いつまででも、死が二人を分かつその時まで」

無意識に手を伸ばせば、その手をアレクシスは握り返してくれた。

温かな彼の体温を手に感じながら、ユーフィリアはやっと安心したように強ばっていた表情を和らげて、そして目を閉じた。

不思議なくらい静かで、そして穏やかな夜だった。

第三章

「……蛇。蛇か……」

どことなく途方に暮れたような呟きが漏れた。

想い人との盛大な結婚式を挙げてから二週間。

今が最も幸せな蜜月であるはずなのに、どこか重苦しいアレクシスの呟きを聞きつけたのは、彼の実兄である皇帝グレシオス三世である。

「なんだ、いきなり。蛇がどうした？」

皇帝がさっと周囲を見回したのは、単純に蛇がいるのかと確認するためだろう。

が、当然蛇が王宮の王の下に容易く忍び寄れるわけもない。

一方でアレクシスは自分が呟いていたことに気付かなかったらしい。

「いえ。……何でもありません。ただの独り言です」

あからさまに誤魔化すような口ぶりで、手にしていた書類へと視線を落とすが、その仕草は明らかにわざとらしい上に、気もそぞろな様子のアレクシスである。

良く言えば、親しい人間に対しては人なつこく寛容。

悪く言えば好奇心旺盛で何でも首を突っ込みたがる性格のグレシオスにとって、常から自分より冷静で落ち着いた振る舞いの多い弟が上の空になっている今の様子に、無関心でいられるはずがない。

「なんでもないわりには随分と深刻そうだな？　夫婦生活が上手くいっていないのか？」

もちろん何の根拠もない当てずっぽうだ。

相手が新婚だから適当に言ってみただけのことである。

しかしそれは案外的確な指摘であったらしい。

あからさまにアレクシスがその肩を揺らした。

やはりそのような反応など珍しい、アレクシスの失態とも言える反応に、グレシオスは一瞬驚いたように目を丸くしたが……すぐにその眼差しがにんまりとしたものに変わる。

こうなると理由を聞き出すまで、この皇帝は引かない。

「言え。お前を悩ませるほどのことだ。私が見る限りあの公女はそれほど害になる存在とは思えなかったが、可愛い弟を苦しめるならば話は別だ」

「放って置いてください、夫婦の問題です」

「問題ということはやはり、何らかの障害が発生しているのだな？　何があった？　お前が白状せねば、大公妃を勅令で呼び出すぞ」

「そのような私的なことで勅令を濫発しないでいただきたい！　それも私の妻相手に」

結論から言って、アレクシスは黙秘し続けることはできなかった。

何しろグレシオスはあの手この手で口を割ろうとするのだ。

下手をすれば屋敷に王の影を送り込まれてもおかしくない雰囲気である。

赤裸々に全てを明らかにされるくらいなら、たとえどれほど情けないことでも自分の口から説明した方がまだマシである。

その結果、皇帝の執務室からは盛大な笑い声が響くこととなった。

まさしく爆笑である。

「へ、蛇！　お前のアレを蛇のようだと、妃に泣かれたと‼」

「煩いですよ」

「なるほどなあ、お前のソレを目にすることは久しくなかったが、知らん間に随分立派に育ったらしい。華奢で繊細な妃にはさぞ恐ろしく見えただろうよ！」

「久しいどころか今まで見せたことは一度もないはずです！　大体、アレだのソレだの言わないでいただきたい！」

アレクシスが不機嫌に反論すればするほど、グレシオスは笑う。

それこそヒィヒィと息も絶え絶えになるくらいに。

はっきり言って皇帝の威厳はどこへ消えたと、こちらの方が問い質したいくらいだ。

かなりイラッときたが、しかし今のアレクシスにはそれ以上グレシオスを相手にする気力がなかった。

だってだ。

蛇である。新妻に初夜の床で、蛇と呟かれて失神された上に泣かれたのだ。

アレクシスも軍に身を置いていた時期があるし、帝位奪還の際にはパーソナルスペースを守り続けることも難しかったため、複数の騎士や部下達と近い距離で過ごしたこともあるが、泣いて失神されるほどの持ち物である自覚はない。

控えめに言っても人並み程度である……そのはずだ。

「それで、その夜の出来事が尾を引いて、未だに夫婦の契りが交わせていないと」

「……別にそれ自体はたいした問題ではないのです。元々彼女との関係は、婚姻を急ぎすぎたので、結婚後は彼女の戸惑いが薄れるまでは待つつもりでした」

「だが結局、お前のブツを目撃されるようなところまでは進んだのだろう？」

「…………皇帝陛下ともあろうお方が、品のない発言は控えていただきたい」

頭痛を堪えるように額を抑えた。

それを言われるとアレクシスも少々分が悪い。

口では待つつもりだったとかなんだとか綺麗（きれい）なことを言っておいて、結局はそれなりに手を出しているのだ。

だが言い訳をさせてもらえるならば、愛らしい新妻にあのように涙ながらに訴えられて、退けられる男がいるのか、と思う。

流されるだろう、そこは、あっさりと。

ましてや乱れたナイトドレスの隙間から、意外に豊かな膨らみや女性らしいまろやかな身体に、透き通るような白い肌を見せつけられれば、誘惑されるに決まっている、男なら。

もちろんアレクシスも理性ある大人の男のつもりなので、誰にでも誘惑されるわけではない。

誘惑はユーフィリアが行うからこそ効果があるものだ。

「それにしても、蛇！　蛇か、うん、蛇は怖いなあ！　女殺しの蛇ならなおさらだ」

兄はまだ笑っている。

弟が真剣に頭を悩ませているというのに、完全に笑い事である。

いい加減にしつこいと、アレクシスに殺意が湧いたとしても仕方がないだろう。

「それほど人の家庭の事情に首を突っ込む余裕がおありなら、まだまだ仕事量を増やしても問題はなさそうですね。私は本来新婚であるにもかかわらず、兄上の政務が滞りがちであると聞いて休暇返上でお手伝いに参りましたが、その必要もないようです」

腹立ち紛れににっこりとそう告げてやると、兄の笑いが嘘みたいにピタリと止まった。

さすがに笑いすぎた、と微笑みながらも目が笑っていないアレクシスを見て気付いたらしい。

「……いや、そのようなことはないぞ。うん、手伝いは必要だ、だから……」

「あいにくと、先ほど申し上げた事情で私もあまり余裕がありません。後のことはどうぞそちらにお任せいたします。私もすべきことがありますので」

だがアドバイスの一つもなく散々笑われた恨みが簡単に消えるわけはなく、アレクシスは引き続き氷の微笑を浮かべたまま、背中にかかる兄の声を無視して皇帝の執務室から引き上げた。

別に嘘は言っていない。すべきことがある。

大公一家の未来を左右する、大切なこと……つまり、ユーフィリアとの関係の進展である。

あの場では彼女を安心させるために良い夫を演じてみせたが、アレクシスとしては決して心中穏やかではなかった。

（やはりまだユーフィリアの心が付いてきていない）

彼女が自分に好意を持ってくれていることは判る。

臆病な小鳥のような彼女が、それでも結婚しても良いと考えてくれる程度には好いてくれているだろう。

しかしあくまでまだ好意止まりで、無条件で全てを預け、許してくれるほどの気持ちには到達していない。

ならば、アレクシスのすべきことはやはり唯一つ、彼女の心をより深く手に入れることしかない。

「落ち込んでいる場合じゃない。彼女が私を受け入れてもらえるよう努力せねば」

ある意味アレクシスは努力の人だった。

人よりも割と器用な方なので何でもそつなくこなすというイメージが強いが、そんなことはない。

全てにおいて人並み以上に努力を重ねてきたからこそ今の彼がいるのである。

そして、この時の彼の判断は決して誤りではなかった。

折角の新婚、折角の蜜月を余計なことで台無しにしたくないと、なんとか自力で立ち直った麗しき大公殿下は、これまでのぎこちなさを払拭するため、そして妻の愛を勝ち取るために健気な努力を開始したのである。


さて、アレクシスが悩める子羊を演じているのと同じ頃、今一人同じく悩める子羊……ならぬ小鳥がいた。

婚礼を挙げ迎えた初夜の失敗から今日で二週間目。

あの夜は緊張と動揺と衝撃とで失神したあげく、とんでもないことを口走ってしまった。男性の事情には疎いユーフィリアだが、自分がどれほどの問題発言をしたかはなんとなく理解している。

一夜にして夫の愛情を失っても仕方のないほどの大失態であるはずだが、アレクシスは相変わらず優しい。

そう、優しすぎて逆に肩身が狭くなるくらいだ。

あの時アレクシスはユーフィリアを「大切な妻」と言ってくれたし、気遣い理解してくれるような言動に安心してしまったが、後で冷静に考えればユーフィリアは暢気(のんき)に安堵している場合ではなかったのだ。

「……アレクシス様の優しさに甘えていては駄目よ……失敗は、自分で挽回(ばんかい)しなくては！」

ぐっと両の拳を握り締めて心に誓うが、何分世間知らずで臆病な元公女様である。

決意する側から、ではじゃあどうするべきなのかという難題にぶち当たって、またしおしおと項垂れてしまう。

問題事を整理したい場合は、一つ一つ箇条書きにして書き出すと良いと兄が言っていた。

その中でまずどれが一番自分の中の問題点なのか、優先事項は何かを洗い出せば、自(おの)ずと取る行動は見えてくる、とも。

「そうよ、まずは問題点を書き出さなくちゃ……！」

気を取り直して机に向かったは良いものの、僅か十数秒でその手が止まった。

なぜならば、わざわざ書き出すまでもなく問題点が明らかすぎたからだ。

「……悩むまでもないわ。一番の問題点は、アレクシス様と真実の夫婦になれていないことよ……」

あれからアレクシスは優しくしてくれるが、一度もユーフィリアを求めようとはしない。

当たり前だ、初夜の床であんなことがあったのだ。

拒絶したも同然のことをされて、じゃあ仕切り直しましょう、なんて気になれるのは相当に肝が据わっているか、精神が太いか、あるいは全く何も考えない無頓着なタイプの男性くらいのものだ。

もちろんユーフィリアの方からも、改めてやり直しましょうなんて言えるはずがない。

現在二人の間であの夜の出来事は、殆ど禁句のような雰囲気ができあがっている。

「こんなことなら、もう少し真面目に花嫁教育を受けるのだった……いいえ、もっと真剣に閨(ねや)教育を受けておくべきだったのよ」

もっと男女のことに詳しければ、あんなふうに狼狽(うろた)えることはなかった……ようなそうでもないような何とも言えない気がするが、少しはマシだったかもしれない。

が、いまさらそんなことを言っても意味がない。

さあどうするか。

なんとかしたいと思っても、ユーフィリアの心の中には、相変わらず「怖い」という感情が残っている。

気分は蛇に睨まれた小鳥である。想像するだけでガタガタと震えてくる有様では、無理に行動したところで失敗を重ねるだけだ。

困った。本当に困った。

深い深いため息がこぼれ落ちた時だった。

「そんなに重たい溜息をついてどうした、ユーフィリア」

「ひゃっ⁉」

机に突っ伏す勢いで項垂れていたユーフィリアは、突然耳元で囁く低い声に驚いて、咄嗟（とっさ）に耳を押さえると跳ね上がる勢いで後ろを振り返った。

あまりに勢いが良すぎて椅子から転げ落ちそうになったが、幸いにして無様な姿を晒さずに済んだのは寸前で支えてくれた人がいるからである。

レヴァントリー大公妃の私室に許可なく立ち入り、ユーフィリアの名を呼び捨てにできる人物などたった一人しかいない。

「あ、アレクシス様っ！」

「急に動くと危ない。気をつけて」

「は、はい……あの……ありがとうございます……」

相変わらず優しく微笑むアレクシスの表情には、自分への怒りの感情も軽蔑の感情も全く感じられない。

それどころかこの二週間の間に存在していたぎこちなさも今は大分薄れて、優しい彼の眼差しは自然とユーフィリアを安堵させる。

「お帰りに気付かなくて申し訳ありません」

だからユーフィリアも素直に言葉を返すことができた。

「そんなことは気にしなくて良い。それより、今から少し時間はあるか?」

時間ならある。それこそ持て余すほどある。

何しろまだユーフィリアは結婚したばかりとあって、勉強中の身であり、大公妃としてできることが殆どない。

帝都に友人知人もおらず、日がな一日屋敷で過ごす日々が続いているのだ。

半ば前のめりでうなずいた。

「は、はい、大丈夫です」

「なら、お茶会をしないか?」

「……お茶会、ですか?」

「そう。あなたと私の二人で」

拒否する理由はない。でもどうしてアレクシスが突然そんなことを言い出したのか判らない。

この時ユーフィリアは随分きょとんとした表情をしてしまったらしい。

彼ははにかむように笑って告げた。

「深い意味はない。ただ、あなたと話がしたい。私たちは夫婦になったとはいえ、まだまだお互いに知らないことの方が多いだろう？　本来こういったことは結婚前から行うことなのだろうが、それもままならなかったから」

「それは、そうですが……」

「私はあなたのことが知りたい。そしてあなたにも私のことを知ってほしい。そうやって会話を重ねて段階を踏んでいかないか？」

さすがにここまで言われればユーフィリアも、アレクシスなりに歩み寄ろうとしてくれているのだと判る。

じわっと目頭が熱くなった。怒って良いはずなのに怒りもせず、傷ついただろうに責めもせず、どうにかこちらの心に近づこうとしてくれる彼の気持ちが嬉しかった。

「……はい」

思わず声が震えてしまった。

でもそれは恐怖などではなくて、嬉しくて泣きそうになるのを懸命に堪えたせいだ。

半分涙ぐんで真っ赤になりながらも肯くユーフィリアの反応に、彼も僅かに目元を赤らめながら手を差し伸べてくる。

一瞬だけ躊躇(ためら)ったのち、その手を取ると立ち上がった。

彼に誘われて向かった先は、庭のガゼボだ。二人ならばゆったりと座れる余裕のあるつるバラの彫刻が施されたベンチと、その正面にカウチと対になるテーブルがあり、その上には既にお茶菓子がセッティングされて二人の訪れを待っていた。

二人が隣り合わせに腰を下ろすと、傍らに控えていた侍女がすぐにお茶を出し、そして静かにガゼボを辞して行った。

（どうしよう。な、なんだかちょっと、また緊張してきたわ……）

彼の存在を意識すると、奇妙にドキドキと心臓の鼓動が高鳴って肩に力が入ってしまうのは、散々みっともない姿を見せているだけに、これ以上は失敗したくないと思うせいもあるだろうが、もちろんそれだけではない。

（彼に、少しでも良く思ってもらえるように挽回しないと……）

そう想う心とは裏腹に、カップを取り上げる手が小刻みに震えてしまう。

紅茶の表面に次々と生まれる小さな波紋はなかなか消えてくれない。

とにかく緊張を解こうと一口お茶で喉を潤し、できるだけ丁寧な所作でソーサーへ戻す。

アレクシスが改まった口調で切り出したのはその時だ。

「まずは改めてあなたに謝罪したい。口では格好の良いことを言っておきながら、この二週間、私の態度は随分ぎこちなかったと思う。そのせいであなたを不安にさせてしまったのではないかと、反省している」

びっくりした。

彼は何も悪くないのに、むしろたくさん配慮してくれたのに、こんなことを言ってくれるなんて、と。

同時にこれほど気を遣わせてしまう自分がさらに情けなくなる。

臆病だとか何だとか言い訳にして良い場面ではないと、慌ててユーフィリアは首を横に振った。

「いいえ、アレクシス様は何も悪くありません！　あなたは最初に私を気遣ってくださったのに、続けてほしいとお願いしたのは私です。私が上手くできなかったのが悪いんです。そ、それに……」

思わず言い淀んだ。

その先の言葉が上手く出てこなくて口ごもるユーフィリアを、アレクシスは急かすことなく待ってくれている。

普段ならここで黙り込んでしまうところだけれど、それでは駄目なことはユーフィリアにも判る。

懸命に言葉を選びながら、声を押し出した。

「わ、私は……う、嬉しかったんです………」

今度驚いたように目を丸くしたのはアレクシスの方だ。

今、一気に言わないとまた言葉が迷子になってしまうと、さらに続けた。

「あなたに、触れていただいて……その、嬉しかったのです……本当です」

「ユーフィリア」

「し、失敗してしまった後も、優しく労ってくださったことも、嬉しくて……だから、あの、本当にごめんなさい！　事前に、母から話には聞いていたのですが、あ、あんなに大きいと思わなくて、お、驚いてしまって……！」

ここでアレクシスがやや奇妙な仕草で「んんっ」と喉を詰まらせるような咳払いをした。また何かまずいことを言ってしまったかと慌てて口を閉じ、恐る恐るアレクシスを盗み見れば、うっすらと目元を染めた彼の視線が斜め上を泳いでいる。

だがすぐにユーフィリアの不安そうな表情に気付いたのだろう。

取り繕うように笑って、彼は言った。

「あなたがそう思ってくれていたのなら、良かった。私の行為が、あなたを傷つけてしまったのではないかと心配していたんだ」

アレクシスの声はあくまでも優しい。

「……まず、最初からやり直さないか？」

「やり直す、ですか……？」

「出会いから結婚まで早かっただろう？　理由があったとはいえ、あまりにも急すぎてあなたの心が追いついていないのではないかと心配している」

　確かにそうかもしれない。でもそれを最初からやり直すなんてできるものなのだろうか、時間は巻き戻らないのに。

　と、そう思った時、不意に片手を取られた。

　緊張で冷たくなっているユーフィリアの手を、温めるように両手で包み込んだ後にアレクシスはその指にそっと口付けて言う。

「初めまして、愛らしい人。私の名はアレクシス・ガル・レヴァントリーと申します。どうぞお見知りおきください」

　奇妙に芝居がかった物言いに、ユーフィリアはぱちぱちと瞬きした。

　そんな彼女に向けられるのはどこか悪戯めいた眼差しだ。

　数秒遅れて「ふふっ」と笑いがこみ上げてきた。

　やり直しとはこのお芝居のような真似を言うのだろうか？

　子供だましみたいなやり方だが、少しでもこちらの心を和らげようとしてくれる彼の気持ちが素直に嬉しい。頬と目頭が熱くなった。

「……ユーフィリア・オルトロールと申します。初めまして、素敵な大公殿下」

話を合わせれば、アレクシスも目を細めてまた笑う。

どこか気恥ずかしいようなやりとりなのに、浮き立つ自分の心を自覚してユーフィリアも小さく笑った。

「美しく愛らしい公女殿下。私の心は、一目であなたに奪われてしまいました。どうか私の妻になっていただけますか」

「出会ったばかりの設定なのに、もう求婚ですか？　やり直しの方がもっと展開が急です」

声が弾む。

明るく笑うユーフィリアを見つめるアレクシスの眼差しがひどく甘くてドキドキする。

「それだけ私の心があなたを求めている証拠だ。うん、でも確かに急だな。やり直そうか？」

「このまま続けましょう。次は私の番ですね？　じゃあ、ええと……」

端から見れば既に夫婦となった二人が何をやっているのだろうと呆れられてもおかしくないけれど、このやりとりをユーフィリアはことのほか楽しんでいた。

お芝居そのものよりも、言葉や仕草の全てから感じる彼の気持ちが嬉しいのだ。

あんなに酷い失敗をしたのに、彼は見捨てない。

きっとこの先ユーフィリアがどんな失敗をしたって、アレクシスならこちらの言葉も聞かずに問答無用で切り捨てるような真似はしないだろうと思えた。

失敗したら今みたいに何度だってやり直せば良い。

そう思うと、本当の意味での安堵が広がる、

「嬉しいです、大公殿下。……喜んでお受けいたします」

でもやっぱりちょっと恥ずかしい。いくらお芝居でも、返す言葉と気持ちは本当だ。

多分今の自分の顔は真っ赤だろう。

アレクシスの、こちらの手を取る力が少しだけ増したように感じた。

「ありがとう。私の人生をかけて、あなたを大切にすると誓うよ」

「今だって、充分大切にしていただいています」

「ユーフィリア」

「はい」

「あなたに、口付けても良いか?」

鼓動が一つ大きく高鳴った。

改めて、真正面から訊かれると何とも返答しづらい。

熱は顔だけでなく、首や胸元、そして全身に広がっていく。

でもやっぱり、嫌ではない。むしろ嬉しい。

またも緊張で強ばりそうになる身体を、幾度か呼吸を繰り返すことでなんとか落ち着けて、ぎこちなく肯いた。

「は、はい……」

答える声は消え入りそうなほど小さくなってしまったけれど、確かに彼の耳には届いたようだ。

その目がまた優しく細められて、彼の手がユーフィリアの手から肩へと上がってくる。

その指先がほんの少し首筋に触れただけで、ぞくっと妖しい刺激に襲われたのは、そうすることで彼の手がどれほど心地良いものであったのか、あの日の夜の出来事を身体が思い出したせいだ。

手の平全部で顎から頬を包み込まれ、軽く上向かされると、その先を期待するようにユーフィリアは自然と瞼を閉じていた。

「あ……」

かすかな、吐息とも言えない声ごと包み込むように、彼の唇が重なる。

意識が全てそこへ向かってしまったかのようにその感触が全身に広がっていく。

しっとりと柔らかく唇の表面を触れ合わせるキスは優しくて温かくて、とても幸せな気分になれる。

でも、それ以上のことを既に知っているせいか、同時に少しだけ物足りない。

唇は一度離れて、再び重なり、また少し離れて、角度を変えてより触れ合う面積を広げた。

二度三度と繰り返される軽い口付けに、ユーフィリアは無意識のうちに僅かに唇を開いていたらしい。

その隙間を割るようにチロリと舌先で唇の内側の浅い部分を舐められたのは、何度触れ合ったかも判らなくなった頃だ。

「ん」

ぴくっと肩が跳ねた。

けれどユーフィリアに逃げ出す様子がないと察したのか、頬を包んでいたアレクシスの手はそのまま後頭部へと回って、もう片方の手が彼女の腰を抱え込む。

より近く、身体を密着させせながら交わす口付けは次第に生々しいものへ変わっていくけれど、やはりユーフィリアが逃げることはなく……むしろ縋るようにその華奢な両腕をアレクシスの肩へ回していた。

「ふ、ん、む……」

本格的に唇が割られ、熱い舌が入ってくる。

どくどくと脈打つ鼓動から煮えたぎった血液を全身に駆け巡らせているようで、身体がとても熱い。

その熱に浮かされるように頭がふわふわして、難しいことが考えられなくなってくる。

（……気持ち良い……）

そう感じる心のままに、自ら吸い付くように彼の舌に応じると、その口付けはますます深いものへ変わっていった。

気がつくとユーフィリアはカウチの背もたれに背を押しつけられる格好で、唇を貪られていた。

アレクシスの舌は我が物顔で彼女の口内を探り、頬の内側、歯列や舌の形、口の中の味を確かめるかのようになぞり上げ、すすり上げていく。

互いの唾液が混じり合い、熱と官能を分け合う行為は男女の交わりを連想させる。

きっとこのままキス以上のことを求められても、自然な成り行きと言えただろう。

だが、アレクシスはこれ以上のことを求めることはなかった……今は、まだ。

その目も、吐息も、触れ合う肌の温度も、何もかも求められていると判るのに、その先へ進もうとしないのは、初めての夜と同じ轍を踏まないように彼が自制してくれているからだ。

大切にしてくれているのだと思うと嬉しい。でも……

（……今はその先へ進んでみたいと思うなんて、私は我が儘ね……）

きっとこの気持ちが積み重なり溢れそうになった時には、臆病な自分でも本当の意味で彼を受け入れることができるようになるのだろうと、そんな気がした。

レヴァントリー大公夫婦の姿が社交界をはじめ、帝都の各地で見られるようになったのはそれから間もなくのことだった。

これまでどのような令嬢に一途な想いを寄せられても、またどれほどの恋愛上手と一目置かれる婦人たちから目を向けられても、ほんの一瞬たりとも態度を変えることなく、必要最低限の付き合いしかしてこなかった人嫌いの大公が、実に甲斐甲斐しく新妻を様々な場所へエスコートし、優しく微笑みかける姿は彼を知る多くの人々に多大なる衝撃を与えた。

その一方で目端の利く者達はすぐに大公妃に取り入ろうと画策し始めた。

何しろこれまではどれほど媚びを売ろうとも、少しも近づくことができなかった難攻不落の大公が見せた、初めての弱点とも言える存在である。

大公妃を味方に付けることができれば、すなわち大公を動かすこともできる。

このダイアン帝国においてレヴァントリー大公家は第二の皇室だ。

取り入っておいてまず損をすることはない……のだが、結果としてそのような下心を持つ者達はその多くが大公妃に近づくことなどできなかった。

というのも、レヴァントリー大公は自身が認めた者しか妻への接近を一切許さなかったからである。

「大公殿下の、妃殿下への寵愛は想像を絶する。あれほど厳重に守られては容易く近づくことなどできない」

「もっともだ。それを無理に近づこうとすれば、逆に殿下の不興を買いそうだな……」

大公妃と顔見知りになるよりも、大公その人を怒らせる方が恐ろしい。

大公妃ユーフィリアは、アレクシスにとってまさに虎の子である。

相手に望まれない限りは、必要以上に近づかない方が良いと考えられるようになっても無理らしからぬことであった。

一方で、ユーフィリアに対して不満の声を上げる令嬢達も少なくない。

「どうしてレヴァントリー大公殿下はあのような方をお選びになったのかしら。確かにお綺麗で殿方の庇護欲を誘う方だとは思いますけれど……でも裏を返せば特筆すべきところはそれだけではございませんか」

とは、誰が言った言葉だったのか。

回り回ってユーフィリアの耳にそのような言葉が聞こえて来た時、アレクシスは「なんと無礼な」と怒りを示したが、ユーフィリアには反論できなかった。

その指摘は他の誰でもないユーフィリア自身が強く感じていることだったからである。

ここまで尽くされておいて、アレクシスの気持ちが判らない等と言うつもりはない。

だが疑問には思う。これまでに幾度も思ったことだ。

アレクシスは初対面からユーフィリアに好意的だったけれど、一体自分の何処にそれほど彼を惹きつける魅力があったのだろう？

「アンゲナスが好きで、そのアンゲナスが私に似ていると仰っていたけれど……まさかそれを理由に結婚までしようとは普通は思わないわよね？」

確かにアンゲナスは可愛い、希少な小鳥である。

オルトロール公国の国鳥とも呼ばれる、幸運を運ぶ女神の使いだ。

あの、白く小さな丸っこい姿を見ると、自然と笑顔になるくらい可愛らしい。

特に冬の日に羽根を膨らませてより一層丸くなった姿は天使か、と言いたくなるくらいの愛らしさだ。

真っ黒なくりくりとした瞳で見つめられると、きゅんっと胸の奥がときめくくらい可愛い。

「……あら？　……結婚したいと思っても、不思議はないかも……？」

そんな馬鹿な、と思いつつもユーフィリアも自分の目の前に、アンゲナスの化身と名乗る愛らしい少年が現れたら、大分心が揺らぎそうな気がする。

……そこまで考えて頭を振った。

違う、そうじゃない、と。

ううーん、と頭を悩ませるユーフィリアの元へ、彼女付の侍女であるエラがそっと声を掛けてきたのはその時である。

「ユーフィリア様、アレクシス様がお戻りになりました」

気がつくと、窓の外がすっかり夕焼けに染まっている。今朝のアレクシスは、グレシオス三世に呼び出されたと言ってまだ夜が明けたばかりの早い時間に出かけて行ったきりだ。

「ありがとう、今行きます」

結婚生活もそろそろ一ヶ月が過ぎる。

初めは慣れなかった夫とのやりとりも大分慣れてきたし、帰宅を知らされて出迎える習慣もすっかりと身についた。

人見知りで臆病な性格はなかなか直らないが、それでもこの屋敷でともに生活する使用人たちには随分と慣れて、今ではいちいちびくつくことはなくなった。

とはいえ、ユーフィリアが一番信頼しているのは、やはり国元から共についてきてくれた側付の侍女、エラだ。

頼りない主人だろうに、甲斐甲斐しく世話をしてくれて、そう日が経たない内からアレクシスにも信頼されるようになった侍女である。

多分、少し行き違ってしまった夫婦の関係を一番心配してくれたのも彼女だと思う。

今も、夫の帰宅を知らされるやいなや、いそいそと腰を上げてエントランスへと小走りに向かうユーフィリアの背に穏やかな微笑を向けてくれている。

もっともこの時のユーフィリアは、これから出迎える夫のことで頭がいっぱいで、エラの微笑には気付いていなかったのだけれど。

「お帰りなさいませ、アレクシス様」

自信のなさと怖がりな性格が祟って(たた)どもりがちだったが、最近ではそれも大分なくなってきた。

アレクシスを出迎える声も滑らかだ。

「ただいま、ユーフィリア。変わったことはなかったか？　今日は何をして過ごしていた？」

「はい、エラと一緒にマーサから屋敷内の管理方法の続きを、クロードからは領地の勉強と帝国貴族家の勉強の続きを教わっておりました」

マーサは大公家の家政婦であり、クロードは執事の名だ。

「そうか。熱心なのは良いことだが、あまり根を詰めないように。家のことはゆっくり覚えてくれれば良い」

アレクシスは笑ってそう言うが、それは大分甘やかしすぎだとユーフィリアは思う。

もちろん公女として充分過ぎるほどの教育を受けて育った彼女だが、大公家の領地や帝国貴族家の知識についてはまだまだ甘い。

また家の内向きの管理も女主人としての仕事である。

どれも妃として欠かすことはできない。

自分にどれほどのことができるかはまだ判らないけれど、アレクシスの足手まといにはなりたくないから、そこはしっかりとしたいと思う。

今は彼と皇帝が自分を甘いほどに甘やかして守ってくれているけれど、ユーフィリアだっていつまでもこのままの状況が続くとは思っていないのだから。

……と、それはともかくとして。

「アレクシス様、何か背にお隠しですか？　何やら小さな音がするような……」

エントランスに彼が入ってきた時から、その手が後ろ手になっていたのが気になっていた。また隠しきれない籠のようなものがチラチラと見えている。

しかも彼の背中からカサカサと小さな音がするところからして、多分小さな生き物だ。

どんな小動物を隠しているのかと思うと気になって仕方ない。

もしや、子犬や子猫？

あるいはウサギやリス？

期待に満ちた眼差しをするユーフィリアにアレクシスはにやっと笑って後ろに回していた手を戻し、彼女の目前で掲げてみせる。

上に布が掛けられているが、特徴的な形からその下にあるものが何かはすぐに判る。

ユーフィリアが弾んだ声を上げたのはその時だ。

「小鳥ですか⁉」

「おおっと、我慢が足りないのはどちらも同じみたいだ。慌てなくて良い……ほら」

パッと鳥籠のすぐ側まで駆け寄ったユーフィリアの目前でアレクシスがそっと掛けていた布を外す。

すると……中にいたのは灰色の身体に顔の部分が明るいオレンジ色の、小鳥がいた。

一目見るなり、ユーフィリアの口から弾んだ声が漏れる。

「コマドリですね……可愛い……‼」

「城の庭師が弱っていたところを保護したんだ。大分元気になったけれど、羽根を痛めていてもう飛べないらしくてね。野に放つことはできないから、私が連れて帰ることにした。あなたに世話を任せても良いだろうか？」

本来野鳥は自然にあるがままの方が良い。

しかし既にこのコマドリは野生に戻ることができない。

本来、大公家で飼われるのならばもっと美しい見目の小鳥がいくらでもいるだろう。

だがユーフィリアにとってはそんなことはどうでも良いことだし、アレクシスも拘(こだわ)らない様子だ。

傷ついた小鳥を引き取ってきたという彼の言葉が素直に嬉しかった。

コマドリは止まり木の上できょときょとと首を傾げている。どこか不安そうに見えるのは、慣れないところに連れてこられたせいだろうか。

「私がお世話してもよろしいのですか？」

「もちろん。そうしてくれると助かる。あなたは公国でも鳥の世話をしていたと聞いたし……アンゲナスでないのは申し訳ないが」

「何を仰いますか、どちらも等しくとても可愛いです」

婚約中も結婚してからも、アレクシスからは色々な贈り物を貰ったが、その中でも特に嬉しい贈り物だった。

目を輝かせながら顔を覗き込むとコマドリが首を傾げる。

ぴぃ、と鈴を振るような声がまた可愛らしい。

よくよく見ると、確かに左の羽根が変形してしまっている。

恐らく怪我（けが）をして翼が折れてしまったのが原因だろう。

けれど庭師に保護されていたというだけあって、人には慣れている様子だ。

「嬉しいです、ありがとうございます、アレクシス様」

その言葉が偽りでないと判るくらい満面の笑みを浮かべるユーフィリアの笑顔を、アレクシスが眩（まぶ）しそうに見つめていた。

「名前を考えないといけませんね。何が良いかしら」

「あなたの好きに決めてくれて良いが、一つだけ約束をしてくれ。飼うのはあなたの私室で。夫婦の寝室に入れるのは厳禁だ」

「どうしてですか？」

少しだけ声に残念そうな響きが含まれてしまったらしい。

誤魔化すように彼は続けて言った。

「いくら可愛い小鳥でも、夫婦の時間の邪魔になってはいけない。そうだろう？」

目を丸くした。そしてそれからユーフィリアははにかむように笑った。

「……はい、かしこまりました」

確かに夫婦の時間は大切だ。

まだ夫婦の時間とやらは持てていないけれど、きっと時間の問題だと思う。最近では、その時が早く来れば良いと思うようにもなってきた。

いつか遠くない未来に、改めて仕切り直しができれば……今は素直に、そう思っている。

その、大公家の新たな一員に加わったコマドリにはユーフィリアからルチアという名が与えられた。

最初はどこか落ち着かない様子を見せていたルチアだが、二、三日ですぐに馴染(なじ)んで機嫌良く可愛らしい鳴き声を聞かせてくれるようになった。

「聞いてください、アレクシス様。ルチアが私の手に乗ってくれたのです。私が話しかけると、まるで会話が判るように肯いてもくれて、見ていて飽きません」

二人の会話は自然と小鳥の話になる。

もちろんそればかりではないけれど、割合が大きいのは圧倒的にルチアの話だ。

いつもアレクシスはユーフィリアの話に耳を傾けてくれるけれど、目を輝かせて、その日あったことを語って聞かせる彼女の様子に、やがてポツリと呟く。

「なんだか、子どもの成長を報告されているような気分になるな」

「えっ……」

一瞬の間の後、かあっと顔が赤くなった。

「い、いけませんでしたか……？」

「いいや。むしろもっと聞かせてほしい。あなたの声で、あなたの話を聞いていると、心が安らぐ気がする」

そんなことを言われると逆に何も言えなくなる。

ぐっと黙り込んだユーフィリアを覗き込むようにアレクシスが顔を近づけてきた。

「どうした？　話してくれないのか？」

真っ赤になっているユーフィリアの様子で、黙り込んだ理由などお見通しのはずだ。

それなのにわざとからかうようなことを言う今のアレクシスは少しだけ意地悪である。

だが彼はその意地悪をいつまでも続けるつもりはないらしく、ユーフィリアの少しばかり恨みがましげな眼差しに折れたように笑って身を引こうとした。

「すまない、あなたの反応が可愛らしくて」

「……いいえ、意地悪は許しません」

えっ、と彼が目を丸くする。

普段のユーフィリアにはあるまじき反応に驚いたようだが、彼が本当の意味で意表を突かれるのはこの直後のことだ。

というのも、アレクシスが本当に身を引く前に、ユーフィリアの方から身を寄せてその頬に口付けたから。

あのお芝居の後から、口付けそのものは日に一度は交わしていたけれど、それはいつもアレクシスからでユーフィリアから仕掛けたことはない。

頬とはいえ、初めての妻からのキスは夫を驚かせることに成功したようだ。

「えっ……」

数秒遅れて目元をうっすらと染める彼に、ユーフィリアは微笑んで告げた。

「いくら私がルチアに夢中でも、一番はあなたです。だからルチアをうらやましがらなくても大丈夫ですよ」

「なっ……！」

アレクシスの目元が一気に朱に染まる。

小鳥相手にうらやましがっているなんてただの当てずっぽうだったのだけれど、この狼狽えぶりを見るとどうやら図星だったらしい。

ユーフィリアを可愛いと彼は言うけれど、今はアレクシスの方が可愛い。

「ふふっ」

嬉しくなってつい声を漏らして笑う。

すると彼は少しだけ拗ねた顔をして……それからユーフィリアの肩を抱いて引き寄せてきた。

近づく彼の唇から逃げることはない。

静かに目を閉じると、お返しの口付けを甘んじて受け入れるのだった。


順調に仲を育んでいる二人だったが、しかし全てが順調かというとそうではなかった。

なぜなら彼らはまだ真の夫婦にはなっていない。

あれからユーフィリアもアレクシスとの時間を重ね、大分心の準備もできてきたし、愛されることを望む欲求も確かに存在しているのだが、なかなかきっかけを得ることができていないからだ。

頰にキスまでは自分から行うこともできたけれど、さすがに、

「もう大丈夫なので抱いてください」

なんて言って、彼を寝台まで誘えるほどの勇気はない。

いっそ良い雰囲気になったなら一気に押してくれればとも思うのだけれど、アレクシスはアレクシスで一度目の失敗以降慎重にならざるを得ないのだろうということが嫌というほど判る。

時々お互いの瞳に欲が滲んでも、触れる相手の肌の感触や体温に熱が募っても、あと一歩が踏み出せない、完全に膠着状態に突入していた。

皇帝グレシオス三世から、晩餐への招待を受けたのはそんな時である。

「出席者は私たちと、兄上と義姉上の身内だけの席だ。二人とも私的な場では過度な礼儀や作法は気にしないタイプだから、気を楽にして構わない」

「は、はい……」

アレクシスの兄であるグレシオスとはこれまでにも幾度か目通りはしている。

帝国の皇帝という巨大な地位に座る人とは思えないくらい気安く親しみやすい人物ではあるが、それでもやはり皇帝。

彼の機嫌を損ねれば、ユーフィリアの母国であるオルトロール公国など風に飛ばされるがごとく、いとも容易く滅びるだろうと思えば否応なく緊張は高まる。

それにグレシオスの妃である、皇后エルフリーデ。

帝国の女性の頂点に立つ人物にもし嫌われてしまったら…………とまあ、何か問題にぶち当たると常に最悪のことを考えてしまうのはユーフィリアの悪い癖だ。

「大丈夫、私も一緒にいる。義姉上もお優しい方だ、心配しなくて良い」

「……はい」

自分一人での参加なら絶対に緊張が高じて卒倒する自信があるけれど、アレクシスが同席してくれるなら心強い。

それにたとえユーフィリアがエルフリーデの機嫌を損ねたとしても、オルトロール公国を滅ぼそうとすれば、アレクシスもグレシオスもさすがに止めてくれるだろう。

普通に考えて晩餐の席で国が滅ぼされるほどの不興を買うことの方が難しいのでは、ということに気付いていないユーフィリアである。

結果からして、もちろんそんな心配は不要だった。

グレシオスもエルフリーデも、実に快く弟夫婦を出迎えてくれたからである。

そのエルフリーデからはこんな言葉を受け取った。

「アレクシス様が出会って間もなくご結婚を決めるほどの姫君と聞いていたから、どのような方かとお会いできるのを楽しみにしていたのよ。結婚式の時はお話しすることもできませんでしたものね。本当ならもっと早くお会いしたいとお願いしていたのに、お二人ともまだ早いと焦らされてやきもきする思いでした」

「お、恐れ入ります……」

「でもお会いしてみて納得しました。本当に可愛らしい方、どうぞアレクシス様をよろしくお願いしますね」

「は、はい。精一杯、尽くす所存でございます」

テーブルの下で足が震える。

手も震える。

カトラリーと皿が触れ合って、不快な音を立ててしまわないよう注意するのに必死だった。そんなユーフィリアの緊張を和らげるようにアレクシスは言った。

「義姉上。早々に会わせていたら、あなたはユーフィリアを愛で離さなくなるでしょう？　新婚早々妻を奪われては困ります」

「あら、新婚夫婦の邪魔をするような無粋な真似はいたしませんよ？　ユーフィリア様もまだ不慣れなことも多いでしょうが、どうぞ一日も早く慣れるよう願っておりますわ。もし陛下や殿下があなたを困らせるようなら、いつでも相談なさってね？」

「はい、お優しいお言葉をありがとうございます……」

実際にエルフリーデに泣きつくような真似はできないだろうが言葉だけでもありがたい。ぎこちなく微笑みながら、アレクシスに視線を向ける。

大丈夫かと様子を窺う彼の気遣いが嬉しい。

やや青ざめ、強ばった様子ながらも肯くが、彼の心配そうな表情は変わらない。

こんなに心配させるほど、自分は頼りないだろうか……いや、頼りないのだろう。正直、やっぱり卒倒しそうになる寸前でどうにか己を保っている状況である。

（……いつまでもこれでは駄目だわ。いくらアレクシス様が守ってくださるとはいえ、私は大公妃なのよ。少しずつでも、自分を変える努力をしなくては……でも具体的にどうすれば良いのかしら）

そう考えると、目前で堂々と振る舞うエルフリーデの姿が恐れ多さ以上に眩しく見える。

ぎゅっと唇を噛みしめると、思い切ってユーフィリアは口を開いた。

「あ、あの、皇后様。……先ほどのお言葉に甘えて、一つだけお尋ねしてもよろしいですか？」

「あら、何かしら？」

いつでも相談しろと言いながら、この場ですぐに相談されるとは思っていなかったのだろう。

それはアレクシスやグレシオスも同じようで、三人からそれぞれに意外そうな眼差しを向けられる。

以前のユーフィリアならそれだけでまた失神してしまっていたかもしれないけれど、それでは同じことの堂々巡りだと懸命に腹に力を込めた。

「あの……どのようにすれば、皇后様のように立派な女性になれるでしょうか」

エルフリーデの目が軽く見開かれる。

やはり同じく、アレクシスやグレシオスもだ。

カトラリーから手を離し、震える両手を組み合わせながら、ユーフィリアは続けた。

「私は……その、少々事情がありまして、ひどく臆病になってしまいました。アレクシス様はそんな私を受け入れてくださっていますが、今の自分のままでは大公妃としては相応しくないと思うのです」

こう言うとアレクシスは否定してくれるけれど、ユーフィリアだってそれが彼の優しさであって、現実が見えてないわけではない。

「皇后陛下と同じほどに、なんて贅沢は申せませんが……お足元に及ぶくらいには、大公妃として……それ以上にアレクシス様の妻としてふさわしい人間になりたいのです」

「ユーフィリア……」

「もちろん自分で努力するしかないと承知しております……皇后陛下のお姿も、これまでたゆまぬ努力をなさった結果のもの。ご助言をいただいたからと言って同じように振る舞えるとは思えません。……ですが、努力せねば、私は何一つ変われないままです……どうか、一つだけでもご助言いただけませんか?」

「まあ……」

しんとその場が静まりかえってしまった。

やはり折角の場にふさわしくない望みだったかと、視界が潤みそうになる。

だが、懸命に耐えた。

弱い自分を変えたいのだからこれしきのことで泣いていては始まらない。

上品な笑い声が聞こえたのは、それから間もなくのことである。

「ふふっ。本当に、ユーフィリア様はお可愛らしい方ね。そのようなことを尋ねられるとは思ってもいませんでした。でも、悪くありませんわよ。あなたのお気持ちはご立派だと思います。そうね、まずはその俯いたお顔をお上げになって？　下を向いたままでは見えるものも見えなくなりましてよ？」

知らぬうち、俯いていたことに気付いてハッと顔を上げた。

するとエルフリーデとグレシオスが実に穏やかに笑っている。

先ほどまでの笑顔よりも、今の方が自然な笑みに見えたのはきっと、親しげに振る舞いながらも少なからず混じっていた社交辞令が抜けたせいだろう。

「そうです。まっすぐ前を見て、顎を引いて。それだけで印象も心持ちも変わります、ユーフィリア様はとても容姿に恵まれた方でいらっしゃるのだから、それを有効に利用するためにも顔を上げなくては」

「……はい」

「ごめんなさいね？　失礼を承知で申し上げるなら、先ほどまであなたのことを可愛らしいと思う以上に本心では少し頼りなさそうだとも思っていましたの。アレクシス様の選んだ方だからあれこれ言うつもりはありませんでしたけれど……この、すぐにも折れてしまいそうな方が大公妃で大丈夫かしらって」

反論できない。確かにその通りだから。

「でもあなたは今、変わりたいと仰った。侮ったことを謝罪します。許してくださる？」

「はい、もちろんです」

顔を上げたまま答えると、エルフリーデはまた上品に笑った。

「そうね……私が主催するお茶会がございますの。多くのお手本を見れば良くも悪くも思うこともあるでしょう」

皇后のお茶会だ、出席するのは帝国貴族の中でも特に身分の高い上級貴族家の女性たちばかりなのは説明されずとも判る。

正直、怖い。しかし確かにエルフリーデも含め貴婦人たちの振る舞いはユーフィリアには何よりの手本となるのは間違いない。

「色々な方がおりますから、もちろんあなたに優しい方々ばかりとは限らないけれど、それでもよろしければ近く招待状をお送りしますわ」

その言葉にユーフィリアが返答するより早く反応したのはアレクシスだ。

「義姉上。あなたのお茶会にユーフィリアを招くなど、狼の群れの中に羊を放り込むような行いではありませんか」

「あらひどい。もちろん食べられてしまわないように、最低限のフォローはいたしますわよ。でもアレクシス様？　あなたのそのやり方では、折角あなたの妃に相応しくなりたいと願うユーフィリア様の望みを潰えさせ、彼女を甘く腐らせてしまいかねません」

「……それは……」

「あなたもユーフィリア様もただの貴族ではない、大公夫妻なのです。大切に屋敷で守るだけでは彼女のためにならないことはお判りでしょう？」

反論できなかったのか、珍しくアレクシスが口ごもる。

その彼の手を大丈夫だとテーブルの下でそっと握り、ユーフィリアは改めてエルフリーデに向き直ると頭を下げた。

「ありがたいお誘いです。ぜひ、出席させてください」

「喜んで。心配しないで、最初から怖い思いなどさせません。まずは私が信頼する方をご紹介しましょう。段階を追っていきましょうね」

「ありがとうございます。ご恩は忘れません」

にこにこと微笑むエルフリーデからは、もう取り繕った印象はない。

親しい身内や友人に向けるようなそれにホッと胸を撫で下ろした時、それまで沈黙していたグレシオスが話題を変えるように「ところで」と切り出した。

「先日アレクシスが連れて帰ったコマドリは元気かな？」

あえてこちらが答えやすい話題を振ってくれた気遣いに感謝しながら答える。

自然と、先ほどまでの震えは収まっていた。

「はい、ルチアと名付けました。とても可愛いらしくて人懐こく、賢い子です。最近は私の肩に乗って、機嫌良くさえずってくれるのが日課なのです」

「それは良かった。城で飼っても良かったのだが、アレクシスはあなたが喜ぶだろうから絶対に連れて帰ると言って聞かなくてな。全く我が弟ながらこれほど健気な男だったとは知らなかった」

「兄上！　余計なことを言わないでください！」

「何を言う。傷ついた小鳥を見ると妻が傷ついている姿を見るようで辛いと、保護している間も自ら餌を与えて、傷の具合を見て、甲斐甲斐しく世話をしてやっていたではないか。最初城の典医を強引に呼び出して、急患だというから何事かと思ったぞ」

「兄上！」

……城でルチアの世話をしてくれたのは庭師だと聞いていたし、疑いを持たなかった。

だって大公であるアレクシスが自ら世話をする必要はない。

彼が命じれば動く人間はいくらでもいる。

それなのに、本当はアレクシスが自らの手でルチアの世話をしたという……その小鳥を
今はユーフィリアに託してくれているのだ。

信頼してくれているのだと思うと嬉しかったし、自分が喜ぶからと連れ帰ってくれたこ
とも嬉しい。

けれど一番胸に響いたのは、小鳥とユーフィリアとを重ね合わせて、傷ついた姿に心を
痛めてくれたことだ。

なんて優しい人なのだろうと思うと、止める間もなく涙がこぼれ落ちていた。

「あらあら」

エルフリーデが小さく笑う。

グレシオスも笑っている。

狼狽えているのはアレクシスだけだ。

「ユーフィリア……」

「……アレクシス様」

「うん?」

「ありがとうございます。……あなたの妃になれて、私は幸せ者ですね」

ユーフィリアから向けられた、涙混じりの笑顔にアレクシスが息を止めた。

彼の目元と言わず頬と言わず、耳朶までもがみるみる赤く染まっていく。

「え、いや、うん、まあ……その……多分、私の方が幸せ者だと思う」

皇帝夫妻を交えた晩餐はこうして、始終穏やかなまま終わりを告げ、アレクシスとユーフィリアの二人はこれまで以上に自然に寄り添いながら帰宅したのである。

第四章

うとうととしていたユーフィリアの意識が少しずつ浮上したのは、適度な揺れを与えてくれていた馬車が大公家の屋敷へ到着して停車した頃だった。

「……あっ、ごめんなさい。私……寝てしまっていたのですね……」

知らぬうちにアレクシスに寄りかかる格好だったようで、慌てて身を起こそうとするも、まだ頭も身体もどこかふわふわする。

晩餐の席で気を張っていたせいか、それとも軽いものとはいえ果実酒をもらったせいか、どうやら帰りの馬車の中で軽くうたた寝をしてしまったらしい。

馬車から降りようと腰を浮かしかけた彼女の身体が横抱きに抱え上げられたのは、この時だ。

「きゃっ……！」

「構わないから、そのまま楽にしていなさい」

危なげない足取りで馬車から降りる彼の顔を羞恥の混じる顔で見上げた。

そのまま楽にしていろと言われても、こんなことをされてしまったら逆に目が冴えてしまう。

彼の腕に身を預けることはまだユーフィリアにとっては、気恥ずかしくも緊張すること、なのだ。

「……あの、私、歩けます……」

つい拗ねた物言いになってしまったのはその気恥ずかしさを誤魔化すためである。

アレクシスは笑う。

「私がこうしたいんだ」

……そう言われてしまうと、強く抗うのもおかしな気がして、ユーフィリアはぎこちなく彼の腕の中で大人しくした。

思いがけず皇帝夫妻との話が弾んだおかげで、予定よりも帰りが遅くなってしまったが、帰宅した二人を執事を初め多くの使用人達が出迎えた。

部屋に戻ったのち、それぞれ侍女と従僕の手を借りて着替えと寝支度を調えた後は、すぐに彼らにも休むように伝えて下がらせる。

夫婦の寝室に残ったのは、すっかり寝間着姿となったアレクシスとユーフィリアの二人だけだ。

寝台の脇にあるカウチに並んで腰を下ろしながら、まずアレクシスが口を開いた。

「今日は遅くまで付き合わせてしまった。疲れただろう?」

「いいえ、そんな。とても楽しい時間でした。両陛下はとても親しみやすくお優しい方々ですね」

「優しいかどうかはともかくとして、親しみやすく思わせることが上手い人達であることは確かだな」

何やら少々含みのある言い方だ。

本当は決してそんなことはない、と匂わせるような。

だがユーフィリアにとっては、グレシオスもエルフリーデも、優しい人に思えた。

「お優しい方々だと思います。陛下は気遣ってくださいましたし、皇后様も私の身の程を弁えないお願いに耳を傾けてくださいました。正直最初は恐れ多いと思っていたのですけれども……こんなことを言っては失礼かも知れませんが、素直にお慕いできるお二人だと思います」

「確かに、義姉上は学べるところの多い方だと思う。兄上がまだ帝位を継げるかどうかも判らなかった時期から、ずっと寄り添ってくださった方だ。帝国広しといえども、皇帝が唯一頭が上がらない相手は義姉上だけだろう」

「確かに、そのような感じがいたします」

二人を見ていれば、夫婦生活においてはどちらが優位なポジションなのかはユーフィリアにも判る。

けれどエルフリーデは抑えるところではきちんとグレシオスを立てる。

どこか『やんちゃ』な印象のある皇帝を見つめる彼女の瞳には確かな信頼と愛情が感じられて、深い夫婦愛を育む皇帝夫妻の姿が羨ましく思えるくらいだ。

自分達もできればあんなふうになれたら、と思うお手本のような二人である。

「だが、あなたの言葉は正直意外だった。なぜ急にあのようなことを？」

あのようなこと、とはエルフリーデに「どのようにすればあなたのように立派な女性になれるか」と問いかけたことだろう。

意外だったと正直に告げるアレクシスに小さく苦笑した。

「ずっと思っていたのです。大公妃とか公女とかそのような立場を別にしても、もっと強くなりたいと。……何かあるたびに怯えて失神するような弱い自分を変えたいって……でも今までなかなかできなくて」

家族はそのままで良いと言ってくれた。

無理をせず、ユーフィリアらしく過ごせば良いと。

でもやっぱり、それでは駄目だといつも思っていた。思っていたけれど、結局その言葉に甘えて問題を先送りにしていたのはユーフィリア自身だ。

「何より……私は弱い自分が嫌いなのです。……もっと自分に自信が持てるようになりたい」

「……ユーフィリア。晩餐の席で、何か事情があると言っていたな。どんな事情が、と聞いても許されるか？」

一瞬だけ口ごもった。

躊躇ったのは単純に言いにくく、そして怖かったからだ。

もし過去のことを説明して、アレクシスに一瞬でも自分の純潔を疑われるようなことがあったら、多分かなりのショックを受けるだろう。

だが、彼は夫だ。その夫のことを信じずに誰を信じるというのか。

僅かな沈黙ののち、ユーフィリアは静かにその口を開き、語った。

幼い頃の自分は、こんなに臆病な公女ではなかったと。

「むしろ小さなころは随分とお転婆で、家族を心配させたものです。ですが……十三歳の時でした。私は……誘拐され、命を狙われたことがあります」

アレクシスが僅かに息を呑む気配が伝わってくる。

なぜユーフィリアが命を狙われたのか、その事情を説明するためにはオルトロール公国の内部事情に触れる必要がある。

「アレクシス様は、パドマ神聖王国をご存じですか？」

「確か我がダイアン帝国がまだ小さな王国の一つでしかなかった時代に、この大陸を支配していた、全知全能の神オルカの血を引く聖王が治めていた古の国家だったな。今はもう国そのものの存在はなく当時の王家の血筋も殆ど残っていないが、この大陸では最も正当かつ神聖な存在だと神聖視する者が多いと聞く」

「そうです。……私の実母は、そのパドマ神聖王国の王家の末裔でした」

アレクシスが目を見張った。無理もない、もうとっくに歴史の中に消えた化石のような王家の血筋を引いているというのである。

ユーフィリアがオルトロール公王夫妻の養女であることはアレクシスも既に承知の話だろうが、知られているのは彼女の実父が公王の実弟であるという部分だ。

実母については殆ど情報が出回っていない。

その理由を答えるように、ユーフィリアは言葉を続けた。

「実母の情報を伏せていたのは義両親……公王夫妻の判断です。ご存じのとおり、この大陸では古のパドマ神聖王国王家の血筋を神聖視する者が一定数おります。特にオルトロール公国ではその傾向が強く、その王家の末裔が今も存在していると知られれば面倒は避けられませんから」

「……確かにな」

信者の中には、この大陸は神からパドマ神聖王国に与えられたものである、と考える者がいる。ダイアン帝国もその他の周辺国も、もちろんオルトロールも全てパドマ神聖王国から派生した国でしかないと。

彼らはパドマ神聖王国の復興を願っていて、再び王国が大陸の支配者となることを望んでいる。

しかしユーフィリアの実母はそれを望まなかった。いまさら滅んだ国の王家の最後の姫として名乗りを上げても意味はなく、それよりも平凡な一人の女として愛する人と結ばれることを願ったからだ。

そして公王の実弟と知り合い、二人は恋をして、ユーフィリアが生まれたのである。

「残念ながら私の両親は私が生まれて間もなく揃って病で亡くなり、二人の顔を肖像画でしか見たことはありませんが、寂しいと思ったことはありません。今のお父様とお母様が実の娘のように育ててくださったから」

おかげでユーフィリアは愛情深い義家族の元で何不自由なく育てて貰った。

若くして生まれたばかりの子をおいてこの世を去らねばならなくなった弟夫婦やその子であるユーフィリアを哀れんだのだとしても、義両親や義兄であるユグリッドは自分を愛してくれた。

その恩返しにいつか国の役に立つ相手の元へ嫁ぐのだろうと、早い内から覚悟していたのだ。

しかし話はそう簡単ではなかった。

「パドマ神聖王国の末裔の血が母から娘の私へ引き継がれていることが、一部の者に知らぬうち漏れてしまったのです。その結果、私の存在が兄の立場を脅かしてしまった」

パドマを信仰する者達は次世代の公王には古の王家の血を引くユーフィリアがふさわしいと声を上げて訴える者が出てきた。

それそのものは小さな声だったが、敏感に反応したのは兄が後継者となることを支持する者たちだ。

彼らはユーフィリアの存在を恐れた。

何の問題もなかった兄の未来に影を落とす邪魔で危険な存在だと考えるようになったし、実際にそうだった。

なぜならパドマ神聖王国を支持する者たちの側からは兄の方こそが邪魔な存在として、影で暗殺計画が練られていたからだ。

皮肉なことにユーフィリアとユグリッドの二人は、それぞれ互いを支持する者たちによってその存在を排除されそうになったのである。

「もちろん両親も、お兄様もそのようなことは望んでいませんでした。完全に支援者側の独断です。でも実行に移すのは兄の支持者達の方が早かった」

あの日のことを今もユーフィリアは忘れられない。

「私を騙して殺そうとした人は、長く私に尽くしてくれた信頼していた侍女でした……その一件で私はすっかり怖くなってしまったのです」

命を狙われたこともそうだし、身近な人に裏切られたこともそうだった。

だがそれ以上に自分の存在が今の家族にとって害になるのかもしれないと、大好きな兄の未来を閉ざしてしまう存在なのかもしれないと思うとどうしようもなく苦しかった。

「密かに城から攫われて、縛り上げられたまま三日の間閉じ込められて……自分がどんな扱いをされるのかも判らなくて、怖くて堪らなかった」

三日間生かされたのは、攫った側が当初は殺す予定だったのを、別の利用ができないかと判断に迷ったためだ。

結果的にそのおかげで命を長らえたユーフィリアは捜索隊により救い出されたが、生きた心地のしない恐怖の時間はその後の彼女に大きな影を落とした。

「人を怖がり、変化を怖がり、まだ起こってもいない未来の出来事を想像しては怖がる、臆病者になってしまいました」

だが公女の誘拐と暗殺未遂事件は公にはなっていない。

事件の首謀者は両支持者それぞれに別の罪状によって処刑され、公女に関する事項は厳重な箝口令(かんこうれい)が敷かれた。

混乱を防ぐ為ももちろんだが、何よりユーフィリアの名を汚さぬためだ。

まだ幼い少女であっても誘拐された過去があるなどと知られればその身の無垢(むく)を疑われ

るから。

そうして義両親や義兄が必死に守ってくれた。

だが……ユーフィリアの心に大きな傷と恐怖を残すことまではどうしようもなかったのである。

「……これでも、まだ大分マシになった方ですが、今でも暗いところや、慣れない人、知らぬ場所は怖いです」

本当に情けのない話です、と締めくくったユーフィリアは苦笑したが、アレクシスは笑わなかった。

それどころかユーフィリアに向けて突然頭を下げたではないか。

「そうとは知らず、済まなかった」

「えっ？」

「それほど恐ろしい経験をしたのなら、あなたが怯えるのも無理はない。だというのに、私は随分と強引に縁談を進めてしまった。それがあなたにとってどれほど恐怖だったかと思うと……」

驚いた。まさかそう受け取られるとは思っていなかった。

「私はそんなふうには思っていません。確かに突然のことで驚きはしましたが、殿下は私にきちんと選択肢を与えてくださったではありませんか」

「だがあなたにとってはあってないような選択肢だっただろう。皇帝や大公を相手にして断るなど、あなたの立場では難しいと感じても当然だ」

それは確かに否定しない。

確かにそういう理由もあった。

「望まない相手に強く迫られることがどれほどの負担か私は知っていた。だというのに私は同じことをあなたに強いていたんだ」

「待ってください。あなたとの結婚を私は、自分の意思で決めました。私自身、いつまでもこのままではいけないと思っていましたし……本音を言えば、オルトロール公国から離れた方が良いと、頭の中では思っていたのです。またいつ、私の血を理由に、お兄様に悪影響が出るとも限りませんから」

だけど国を出るのも怖くて、結局ずるずると先延ばしにしていたのだ。

結婚は、ある意味良いきっかけになったとも言える。

「それに、私はあなたからの求婚が、素直に嬉しかったんです」

驚きはした。戸惑いもしたし、ユーフィリアなりに打算や事情もあった。

それでもやはり受け入れた一番の理由は、彼の求婚に心を揺さぶられたからだ。

「……私はアレクシス様の元に嫁いで良かったと思っています。それよりも、あなたの方が私に不満があるのではないかと心配です」

「なぜ」

「だって、まだ私は大公妃らしいことはできていませんし……妻としてだって何も……」

躊躇いがちに言い淀んだその先に、どんな言葉が続くのかを、アレクシスは敏感に察したようだ。

いわゆる二人の関係はまだ書類上の夫婦であって、真実の夫婦になれていない。

初夜のことを思い出すと、今でもユーフィリアは頭を抱えたくなる。

よりにもよって蛇と言い放ったばかりか、恐怖と緊張で失神してしまうなんて。

「それは……」

アレクシスも微妙に口ごもった。

二人の間に奇妙な沈黙が流れ……けれどその時間は幸いにして長くは続かない。

と言うのもアレクシスの方が思い切ったように口を開いたから。

「ユーフィリア。あなたはまだ、私が恐ろしいか？　あなたの気持ちが追いつくまでは待っているつもりだったが、本音を言えばこの一ヶ月、あなたと本当の夫婦になりたくてたまらなかった」

「……本当ですか……？」

「当たり前だろう。ずっとやせ我慢をしていただけだ。……あなたが私の妻であることを受け入れてくれるのなら、初夜のやり直しをしたい。けれどまだあなたの心が定まらずに待ってくれと望むのなら、いくらでも待つ」

そうは言いながらも、アレクシスのユーフィリアを見る眼差しは熱い。

どちらかというとその手のことには鈍い自覚があるユーフィリアでも、彼が何を求めているのかは判る。

ぶわっと顔に熱が上り、肌が赤く染まった。

「それは、その……」

「すまない。少し急がせすぎたな。だが私の気持ちは本当だ。あなたと真実の夫婦になりたい。もし、あなたにその覚悟ができたら、私にそう教えてはくれないか?」

「アレクシス様……」

「今夜の晩餐で、そして今の会話で、私はあなたのことをこれまで以上に愛しく思ったし、大切にしたいと思っている。それと同じくらい、あなたが欲しい」

赤裸々と言っても良い発言に、なんと答えれば良いのか判らなかった。

真っ赤になったまま黙り込むユーフィリアに、やはりまだ早すぎたと思ったのか、アレクシスが苦笑する。

「では私は自分の部屋に戻ろう。今日のところはゆっくり休むと良い。……お休み、ユーフィリア」

夫婦の寝室とはいえ、二人がともにこの部屋の寝台を使ったのは初夜以来だ。

以降ここで眠るのはユーフィリアだけで、アレクシスは自室の別の寝室を使用している。彼曰く、一緒ではその理性が持たなくなるから、という理由で。

いつものユーフィリアならば、同じく就寝の挨拶をして彼を見送っただろう。

けれど、先ほどの彼の言葉を聞いてしまった今、黙って見送れるわけがない。

もう一度初夜のやり直しがしたいと思っているのは、ユーフィリアも同じなのだから。

「……っ」

短く息を吐いて、ユーフィリアは離れようとするアレクシスのガウンを咄嗟に掴んだ。

生地が引っ張られる感覚に振り向いた彼が、俯いたまま手を伸ばしているユーフィリアに注目しているのが判る。

「……あ、の……っ……」

何かを言わねばと思えば思うほど、言葉が出てこない。

ガウンを掴む手が小刻みに震え始める。

でも、彼にこのまま部屋を出て行っては欲しくなかった。

「ユーフィリア」

再びアレクシスがこちらに向き直る。そしてガウンを掴むユーフィリアの手を優しく取って、その指に唇を寄せながら問いかけた。

「これが返事と思って良いんだな？」

ぎゅっと目を瞑った。今は彼の目をまともに見るのも緊張する。

だが、それでもかろうじて肯くことはできた。

こくり、と首を縦に振る彼女に、アレクシスはどこかはにかむように笑い、そしてその手を伸ばす。

彼の大きな手は、ユーフィリアの頬を包み、上向かせ、視線を合わせると……その青い瞳が静かに近づいてきた。

「途中で怖くなったら、私の腕を三度叩きなさい」

そしてゆっくりと唇が重なった。

ユーフィリアの唇全体を覆うように触れ合わせる柔らかな感覚と体温は、既に随分慣れてきた。

優しい接触にほんの少し肩から力が抜けると、角度を変えてさらに深く重なってくる。

アレクシスのガウンを摑む手に力がこもる。

正直に言えばやはり怖い。

でも今は、その恐怖を乗り越えた先へ進みたい。

ぎゅっと目を閉じた。

彼の姿が見えなくなることが残念だけれど、視界が閉ざされることで恐怖は和らいで、その分彼の触れる感触と温もりに集中することができた。

彼に触れられること、そしてその温もりは恐ろしくない。それどころか触れ合っているところからじんわりと温かな熱と甘い疼きが広がって、もっとそれらを感じたくなる。

初夜の時より、アレクシスの口付けは優しかった。

ユーフィリアを怯えさせないようにとその気遣いが伝わってきて、その唇が触れるたび、吐息が混じるたび、どきどきと高鳴る鼓動と共に全身を不思議な高揚感が包んでいく。

「ん……」

小さく漏らした吐息を奪うように、少しだけ深く唇が重なった。

僅かに濡れた粘膜同士が、ぴたりと吸い付いて触れ合う。

少し動かすだけで、貼り付いたものが引き剝がされるような強い摩擦と共に、顎が痺れるようなざわざわとする奇妙な感覚が広がって、小さくユーフィリアの肩を揺らす。

するとアレクシスの指が、ユーフィリアの顎と首の付け根をそうっと撫でる。

まるでここがざわざわとするのだ、というこちらの感覚を理解しているかのような触れ方は、触れられたところから熱を宿してじわじわとその熱と感覚を大きく膨らませていくようだ。

そのじれったいようなくすぐったような何とも言えない感覚にじっとしていられない気分になった時、彼の口付けはさらに深く……無意識のうちに僅かに開いていたユーフィリアの唇の隙間から、肉厚の舌が滑り込んできた。

「んむっ……ん、ぁ……」

その舌が、ユーフィリアの上顎をくすぐり、歯列を舐め、そして彼女の同じそれに擦り合わされて吸い上げられる。

口の中に性感帯などないはずなのに、互いに舌を絡めて吸い付き、唾液を啜り合う行為は決して美しいものではないはずなのに、どうしてこんなに気持ち良く感じるのだろう。

普段は他者に触れさせることのない場所をさらけ出している背徳感のせいなのか、あるいは別の理由なのか、言葉にできない常習性があるように感じた。

顎からじりじりとする刺激は次第に耳まで上がって、既に全身が火傷しそうなくらいに熱い。

ぴちゃぴちゃとかすかに響く水音は、普段ならなんと言うこともない音のはずなのに、この場においてはひどく卑猥な音に聞こえる。

熱のせいか、知らず息を詰めてしまっていたせいか、ユーフィリアの身体から力が抜ける。

くたりとその場に崩れそうな彼女の肩を抱くように支えて、アレクシスがそっと唇を離した……と同時に二人の間をつなぐのは、淫らに濡れ光る唾液の糸だ。

粘着性を伴うそれがつうっと尾を引き、ふつりと途切れる。

そんな様が不思議なくらいにいやらしく見えて、さらにユーフィリアの顔を熱くさせる。

恥ずかしい。恥ずかしいのに、もっと続けていたい、触れてほしい。

今や誤魔化しようのない誘惑に、彼女はもう抗う術を持たなかった。

「……ガウンを脱がすぞ。良いか？」

「……は、い……」

問われてぎこちなく肯いた。

するとアレクシスの両手がユーフィリアのガウンの袷（あわせ）を摑んで、そっと肩から脱がせてしまう。

またアレクシス自身も己のガウンを脱ぐと、互いのそれをひとまとめにし、カウチの端へと放り投げた。

今、互いの身を包むのは薄い寝間着の生地だけだ。

もちろんその下にはさらなる下着などは身につけていない。

アレクシスが不意に彼女の身体を抱え上げたのはその直後である。

「きゃっ」

咄嗟に両腕を彼の肩に回した。

必然的に互いの身体の正面が重なり合い、生地越しに伝わる相手の体温にまた身体の熱が上がる思いがする。

それと同時に寝間着の薄い生地の下で、自分の胸が驚くほど敏感になっているのを自覚した。

何しろこうして抱き合い、胸を重ねながら僅かに擦れ合うだけで、胸の先にチリッとした刺激が伝わるのだ。

それはひどく大きなものではないけれど、不慣れな身体にはびくっと小さく肩を跳ねさせるだけの強さはあって、ユーフィリアの羞恥を強く煽る。

初夜以来、キス以上の触れ合いは殆どしていない。

でもあの夜に、たとえつかの間とはいえ彼から教えられた快感を、ユーフィリアの身体は今もしっかりと覚えていて、自然と昂ぶり初めていた。

「ベッドへ行こう。……その方が良いだろう?」

「は、はい……」

確かにカウチでは狭すぎて、どうしても動きが制限されてしまう。

狭い場所で身を縮めて隙間なく抱き合うのも良いのだろうけれど、不慣れな身ならば広い寝台で抱き合う方が良いに決まっている。

でもベッドに行くということは、つまりそういうことで。

意識すると否応なく動揺してしまって、とてもではないが冷静ではいられない。

けれど……不思議と怖い、という思いはそれ以上湧いては来なかった。

「下ろすよ」

ユーフィリアが驚かないようにという配慮のせいか、アレクシスは自分の行動の一つ一つを口にして、許可を求めた。

今もそうだ、ユーフィリアを寝台に移動させると、座る彼女の膝をまたぎ、そのままアレクシスは身を乗り出すように覆い被さってくる。

「もう一度キスしたい。口を開いて……そう、舌をこっちに」

面と向かって言われると恥ずかしい。

でも恥ずかしいのにおずおずと従ってしまう。

ぎこちなく控えめに開いた唇の隙間から、赤い舌を覗かせるユーフィリアに食らいつくように唇を重ねたアレクシスは、再び舌同士を絡め、吸い付かせ、そして擦り合わせた。

「ん、んっ、んう」

ぴちゃぴちゃと音が鳴る、まるで子猫が皿からミルクでも飲むみたいに。

激しい口付けに息が止まって、呼吸が苦しくなると彼は息継ぎのためか唇を離し、そしてまた重ねてくる。

「他の場所にもキスしたい……良いよな？」

心なしか、いつもより少しだけ言葉が強い。

唇に呼気を触れさせながら囁かれると抗うことなどできるわけもなく、ユーフィリアは小さく肯き、また目を閉じた。

「ひゃっ……‼」

直後短い悲鳴のような声が漏れたのは、口付けを解いた彼の唇が宣言通り他の場所に触れたからだ。

まずは耳朶に。

直接息を吹きかけるように耳殻に舌を這わされると、びくびくっと身体の芯から身震いが走り、大きく肩が跳ねるほどの強い刺激に襲われて思わず身体が後ろへ逃げる。

けれどそんなユーフィリアの動きを防ぐようにアレクシスは彼女の腰を抱き、背を抱え込んで、耳たぶに軽く歯を立てた。

「んんっ！」

「すごいな、身体がぶるぶる震えている。怖い？」

「……こ、怖くはないけれど……きゃっ！」

尖らせた舌で耳孔をほじくるように舐められる。

立て続けに背筋をぞわぞわっと甘い刺激が駆け抜けて、文字通りユーフィリアの身体が跳ねた。

暴れたいわけではないのに、じたばたと両足がばたついてしまうのはなぜだろう。

肩を竦めて触れられる面積を減らそうとしても、その肩と首の隙間に顔を埋めてくるので身動きもできない。

それから無意識に逃れる内に、気がつくとユーフィリアは自ら寝台に仰向けに横たわるように転がっていた。

「は、はぁ、ん、は……」

「耳が弱いんだ？　じゃあここは？」

「んっ」

彼の舌が今度は耳から顎に移って、首筋に吸い付く。

チリッと一瞬走った痛みは、同時に甘やかな快楽にもなって、さらにこちらの呼吸を乱れさせた。

顕著に反応を示し、肌を色づかせて体温を上げるユーフィリアの反応に、機嫌良さそうにアレクシスはささやき続ける。

今や彼の声も、唇も、その言葉もユーフィリアにとっては理性を溶かす甘い毒のようだ。

どことなくいつもの彼より意地悪な気もするのに、それを嫌だと思う自分がどこにもいない。

「見て、ユーフィリア」

固く閉ざしていた目を開くよう促されて、おずおずとその瞼を上げたユーフィリアは見た。

横たわる自分の身体にのし掛かるアレクシス。

そのアレクシスの身体の下敷きにされた自分の身体。

そして……寝間着の生地ごしに、横たわった自分の身体の線がはっきりと浮かび上がっている。

柔らかく滑らかで薄い生地は、生々しい女の身体の形を隠してはくれなかった。

横になっても充分な質量を保って盛り上がっている二つの膨らみも、細く絞ったウエストも、華奢な腰も、そこから伸びる二本の足とその間の逆三角のくぼみも。

先ほど足をばたつかせたせいか、寝間着の裾は腿までまくれ上がって、そこから先は真っ白な両足が膝を立てた状態で露わになっている。

だが、今もっとも目に付いたのは、盛り上がる二つの膨らみの上で、さらにぷくりと尖って己を主張している小さな突起だ。

「あっ……」

下着を着けていないのだからその部分が目立つのは当たり前のことなのに、今はやけに卑猥に見える。

心なしか既に大きく膨らんで勃ちあがっている様がありありと判る。

両脇から乳房を寄せるように握られて、小さく声を詰まらせた。

「判るか？　ここがもう大きくなっている。まだ触っていないのに」

「や、やだ……」

「何が嫌なんだ？　あなたの身体の反応だろう？」

少し意地悪だと思ったけれど撤回しよう。

今のアレクシスは大分意地悪だ。

答えられないことをあえて問いかけて、ユーフィリアに何かを言わせようとしている。

ぎゅっと唇を閉ざし奥歯を嚙みしめるけれど、彼は許してくれそうにない。

「ほら、もう一度ちゃんと見て。あなたの身体が反応している……いやらしいな。少し弄ってあげようか」

言い様、ユーフィリアの乳房を生地越しに捏ねるように揉みしだく指が、軟らかな肉を様々な形に変える。

それだけでも息が上がるのに、尖ったその場所を指で擦られると、とたんにビリッと腰に響く強い愉悦に背が跳ねた。

「あっ……！」

「すごく硬く凝っている」

言い様、ぴんっと爪で弾かれてまた跳ねた、陸に釣り上げられた魚のように。

かと思えば指でつねるように摘ままれて、引っ張られる。

痛いはずなのに、なぜか気持ち良くて、止めてほしいのに、何度でも繰り返してほしいと思う自分はどこかおかしいのだろうか？

弄られているのは胸なのに、腹の奥が熱い。

合わせた両足の奥から、とろりと溢れ出るものの感覚に、知らぬうち小さく腰が揺れた。

「ん、あ……は、ぁあ……」

「良い顔をしている……可愛い」

再び彼の唇がユーフィリアの唇に触れる。

今度は表面を触れ合わせるだけの優しいキスなのに、彼の言葉と、同時に胸を揉み続ける手が与える刺激とで、身体の熱はどんどん上がる。

気がつくと、纏っている寝間着がしっとりと汗で濡れていた。

それはアレクシスも同じだ。

「脱がせるよ。……直に触れたい」

ユーフィリアの胸元のリボンを解き、緩んだ隙間からすかさず生地の下に忍び込んできた彼の手は、滑るほどに汗ばんでいる。

だけどその肌と肌が滑る感覚さえ小さく身もだえするくらい心地よかった。

「あっ、あん……」

咄嗟に片手で己の口元を押さえたけれど、駄目だった。

甘く漏れた声には確かに官能の響きが宿っていて、それは確実にアレクシスの耳に届く。

ふふっと低く笑う息づかいと共に今度は舌を吸い合うキスをしながら、彼の手は汗で貼り付くユーフィリアの寝間着を剝がすように脱がせて、彼女を生まれたままの姿にしてしまった。

一度、全てを見られているとはいえ、羞恥がなくなるわけではない。

咄嗟に手で胸や腰を隠そうとすれば、すぐにその両腕をひとまとめにされて頭上に押さえつけられた。かと思えば、彼の唇が首筋に、鎖骨に、胸元に落ちて小さな鬱血の花を幾つも咲かせていく。

やがてその舌に、尖りきった乳首へと吸い付かれると、ひときわ大きくユーフィリアの背がしなった。

熱い舌が気持ち良い。胸の先からじわっと広がる刺激が背骨に伝わり、全身へと広がっていくようだ。

「ひ、あっ、ああん！」

「なぜ隠す。あなたの身体で隠さなくてはならないところなんて何もないだろう？」

熱い息が乳房に触れ、唾液に濡れた乳首に吹きかけられる。

とたん、濡れたところがヒヤッと冷えて、そんな些細な刺激さえ肌の下を直接無数の小さな手で擽られるようなじっとしていられない刺激に、びくっと肩が揺れる。

「……だ、だって、恥ずかし……」

胸の谷間に汗の雫が滑り落ちる。舌で掬うように舐め取られると、脈打つ鼓動が速すぎてユーフィリアの意識を曖昧にするようだった。

「恥ずかしいだけ？　心臓の音がすごい。私もだけど……ほら、触って」

間近で見せられる艶(なま)めかしい微笑に、ずくりと身体の奥が疼くのが判った。

片手を取られ、アレクシスの左胸に導かれると、確かに肌の下からドクドクと速く強い鼓動を感じた。まるで彼の興奮を伝えてくるように。

「判るか？　私が今、どれだけ嬉しいと思っているか」

「……そ、そうなの……？」

「そうだよ。あなたがここにいてくれて嬉しい。受け入れようとしてくれて嬉しい。そして……求めてくれていて嬉しい」

言いながらアレクシスの片手がユーフィリアの胸から腹を滑って、両足の間に差し込まれた。

既に隠しきれないほど潤っているその場所は、指を少しかき回されただけですぐに、くちゅりとかすかな水音を立てて蜜をしたたらせ、ユーフィリアの腰を震えさせる。

「あぁっ」

「トロトロだな……前よりすごい」

確かに初夜の時より潤いが強いのは自分でも判っている。

既に寝間着を脱ぐ前からそこが濡れはじめている感覚はしていた。

そしてそれは今も続いていて、じっとしていてもじわじわと身体の深い場所から次々と溢れ出ては秘部を濡らす。

まるで鮮やかな花びらが朝露をその中心に溜め込むように。

「指を入れるよ……ほら入った」

宣言と同時に入り口に押し込まれた彼の指が一本、ぬぷりとあっけないくらい簡単に沈んだ。

それ自体は特に気持ち良くも悪くもなかったけれど、自分の身体の深い場所を直接他者に触れられる感覚はいかんともしがたい。

「あ、あっ、あぁ……っ」

「あなたの良いところを一つずつ探そうか……ああ、でも濡れすぎていてちょっと判りづらいかな。……もっと、足を開いて」

「えっ、あ、やっ……！」

ずるりと指を引き抜かれたと思ったら、両の膝裏を持ち上げるように手を回されて、そして一気に深く足を広げられた。

心の準備をする間もなくアレクシスの眼前に秘部を晒されて、再び強烈な羞恥に襲われるけれど、いくら腰を揺すって逃げようとしても逃げられない。

しとどに濡れたその場所が空気に触れるだけでひんやりとした冷たい感覚が伝わって、

また腰を震わせる。

死ぬほど恥ずかしい。

心臓が口から飛び出してしまいそうだ。

息が苦しい、少しも整わない乱れた呼吸のせいで上手く空気を吸えていないのか、頭がクラクラする。

けれどそれと同時に自分が強い期待を抱いている現実に、ユーフィリアは身もだえするように両手で顔を隠した。

だって、やっぱりユーフィリアの身体は知っているのだ。

その場所に口付けられ、そして舌で愛撫されるとどれほど強烈な快楽を味わえるかを。

初めての夜は慣れない経験に怖くて身体が萎縮していたはずなのに、それでもその快感はすぐに蘇ってさらに身体を熱くさせる。

そのせいか、今も入り口がわななき、次から次へと蜜を溢れさせるのだからどうしようもない。

隠れていたはずの陰核も、今やぷっくりと膨らんでその存在を主張している。

「綺麗な色だ。……もっとよく見せて」

「い、いや……っ」

「さっきからここがひくついている。あなたはとても清楚な女性なのに、ここはとても妖艶だね」

「い、言わないで……っ！」

やっぱり、今夜のアレクシスは意地悪だ。

恥ずかしいことばかり言ってユーフィリアを困らせる。

なのに……その言葉を刺激と受け止めて、どんどん興奮を高めていく自分は何かおかしい。

「あっ」

さらにぐいっと両足が高く持ち上げられた。

膝が彼の肩に担がれ、太腿を押し上げるように開かれると腰が浮き上がって、より秘部が彼の目前に丸出しになる。

ぞろりと熱い舌が陰核に触れたと思ったら、途端に軽く吸い上げられて、途端に腰から背筋をビリビリと一気に駆け上がる熱の奔流にユーフィリアの目前に星が散った。

「ひっ……!!」

大きく腰が跳ねた。

悶える細腰は立て続けに二度三度と波打って、がくがくと全身を震わせる。

ごぷり、と音を立てる勢いで再び蜜がしたたり落ち、それは会陰を伝って高く上がった尻を伝い、背中へと流れ落ちていった。

「ちょっと吸っただけでもう達したのか。敏感で本当に可愛い」

「そ、そこで喋らないでぇっ……！」

膨れ上がった陰核は息を吹きかけられるだけで反応してしまうのに、喋られると立て続けに呼気が触れて、さらに腰を跳ねさせる。

開かれた太腿がわななき、担がれた両足が小刻みに震えるのを抑えられない。

「前も思ったけど、あなたはここを舐められるのが好きだね？」

「……そ、んなの、判らな……っ」

「でもすごく気持ちよさそうだ……ほら、もう一度吸ってあげようか」

「や、やめっ……！」

ユーフィリアの制止もむなしく、再びアレクシスはちゅうっと音を立てる勢いで襞の上で可愛らしく膨らむ陰核を吸う。

頭を殴られるような強烈な快感に息もできず、再び腰が震えた。

奥歯を噛みしめて懸命に堪えたけれど、それを咎めるように尖らせた舌でチロチロと舐められると、再び熱い奔流が波のように襲ってきて、ユーフィリアを高みへと押し上げる。

「っっっっっ……‼」

今度は声もなく背をのけぞらせて腰を高く浮き上がらせる。

ぼたぼたぼたっ、と泉の源泉から噴き出すように溢れ落ちたものがシーツと二人の身体を遠慮なく濡らしていく。

後頭部を強く寝台に押しつけながらビクビクと健気に身を震わせる彼女の姿は、アレクシスをとことんまで興奮させるらしい。

「っく、ふっ……」

まだ息が整わないのに、彼は再び舌を這わせる。

今度は秘部全体を、そして襞の一枚一枚を確かめるように。

かと思えば濡れ光る花園にも舌は這って、尖らせたその先が小さな入り口をほじくり、内側を味わうように差し込まれる。

ぐいっと両手で襞の奥を開かれると、身体の奥深くを覗き込まれるような感覚に、舐め取る側からまた大量の蜜が吐き出された。

「キリがない……あなたの身体は本当に素直だな。ほら、息をして、ユーフィリア。……ああ、本当に可愛い」

可愛い、可愛いと彼は歌でも歌うかのように官能に揺れる声で囁いた。

そのたびにユーフィリアの腰と胸に甘い刺激と熱が宿り膨らんで、じりじりと身体の内側を焦がす。

可愛いと彼は言うけれど、客観的に考えても今の自分の姿は淫らなだけで、決して可愛くはないと思う。

だらしなく蜜を垂れ零し、汗まみれで、顔だって蕩かされた淫蕩な女の顔をしているに違いない。

それなのに……その言葉が嬉しい。

「アレクシス様ぁ……っ」

彼の名を呼ぶ声が、自分でも信じられないくらい甘ったるく、甘えを帯びて聞こえた。

普段のユーフィリアならば決して出さない、官能に染まりきったその声は、とてもではないが他に聞かせられない。

丁寧に彼が繊細な場所を舐めるたび、腰が揺れた。

と同時に、ずくん、ずくんと秘められた奥が疼いて、身体の内側がうねる。

足りない、足りないと、そこを満たす存在を求めるように。

「ふ、んっ……」

その時ユーフィリアの脳裏に蘇ったのは、初夜の時に一度だけ目にしたアレクシスのものだ。

あの時はまるで穴倉に潜り込み内側を食らい尽くす蛇のように見えて気を失うほど恐ろしかったのに、今はあれが欲しい。

アレクシスのものなら、たとえあれが本当の蛇でも、身体の内側を食い尽くされても構わないと思うくらいに欲しい。

はくはくと、痛いくらいにその場所がわなないているのが判る。

辛い。

深いところが空洞のままなのが、そこに収まるべきものを未だに与えられていないことが、苦しくて辛くて、もどかしくて仕方ない。

「アレクシス様……っ」

「うん、聞こえている。可愛いよユーフィリア……本当に可愛い……愛している、私の小鳥」

可愛い、という言葉も嬉しかったけれど、何よりユーフィリアの胸を熱くさせたのは「愛している」というその言葉だ。

正直、自分の何を彼はそこまで愛してくれるのか、まだユーフィリアは理解できていない。

でも、それで良いのかもしれない。ユーフィリアの胸にも今、彼を愛しく思う気持ちが大きく膨らんで確かに存在しているけれど、彼の何が愛しいのかと説明を求められてもきっと回答に困ってしまう。

愛しているならそれで良い。

ただ溢れ出る想いを言葉にして伝えれば良いだけだ。

「……私も、好き……愛しています……あなたが、欲しいの……」

とたん、ユーフィリアの浮き上がった腰が下ろされたと思ったら、ぎゅうっと抱きしめられた。

未だ寝間着を纏ったまま、けれど袷が緩んではだけられた胸板に、ユーフィリアの裸の胸が押しつぶされると、どちらのものかも判らない鼓動の振動が直接響いてくる。

どく、どく、どく、どく、どく。

ひどく速いその鼓動はほぼ同じ速度のようだ。

胸に広がる熱い欲望と、温かな情のままに、ユーフィリアは両手を彼の首裏に回すと自らもその身体を抱きしめた。

逞しいアレクシスの身体は、ユーフィリアの細い腕ではしっかりと抱きしめるのに難儀したし、汗で手が滑ってほどけてしまいそうになるけれど、何度も何度も手の位置を変えて、彼の肩や背を撫でて、胸を押しつける。

身体の奥が疼いて、痛いくらいに激しく蠕動してたまらない。

と、彼の首筋が目の前にあって、誘われるようにそこに口付けると舌を這わせ、そして吸い付いた。

「……っ……」

アレクシスの愛撫を真似た仕草だが、それは思いのほか彼を刺激したらしい。

息を詰める気配が僅かに伝わる。

それと同時に彼の腰をまたぐようにおろされていたユーフィリアの秘部に、何か塊が押しつけられた。

それはまだ布越しであったけれど、熱く、大きく膨らんだものがなんであるかは想像するのは容易い。

「あっ……」

彼女の秘部に押しつけたまま、アレクシスの腰が揺れた。

ごり、ごりと滑らかな生地の生み出す摩擦と、硬く熱い存在に襞を割られて、淫らすぎる行いにユーフィリアの腰も背徳に満ちた官能でぶるりと震える。

「……入りたい」

「……はい……」

「でも、まだもう少し解(ほぐ)さないと……きっと辛いだろう」

初夜の時の記憶と同じか、それ以上にその塊は大きく感じて、確かにこれに貫かれたら痛みを感じずに済ませることはできないだろう。

とはいえ、そもそも初めては痛むと教わっている。

だからそれも仕方ないとユーフィリアは思うのだけれど、アレクシスはできるならば少しでも痛みを和らげたいと考えてくれているらしい。

押しつけていた腰が少し離れて、代わりに再び彼の指がユーフィリアの秘部を撫でる。

しとどに濡れ、熱く泥濘(ぬかる)んだその場所を二度三度と擽るように撫でたのち、再びズブリと内側に指が沈んだ。

ただし今度は二本だ。

太く逞しい指に貫かれ、強烈な違和感と圧迫感に腰が強ばったけれど、既に熱く熟れているおかげか、痛くはなかった。

「あっ……ふ、んんっ……」

「今はまだ無理だろうけれど、慣れる内、あなたの佳(よ)い場所も判ってくるだろう。怖がらないで身を委ねてほしい」

囁くその言葉に肯いた。

身体の内側を探り、拓(ひら)かれる感覚はやはり違和感が強いけれど、不快ではない。

ユーフィリアの様子からまだ余裕を感じたのか、アレクシスはさらに指を増やす。

「……痛っ……！」

三本も沈められるとさすがに入り口が傷んだが、かき回すように優しく手首を回し、抜き差しを繰り返される内に痛みは少しずつぼやけていった。

それに感じるのは違和感ばかりではなかった。

アレクシスはまだ難しいだろうと言ったけれど、彼の指がかすめたり擦(こす)られたりすると、他とは少し違う感覚を生み出す場所があって……多分そこがユーフィリアの性感帯なのだろう。

他にも陰核の裏側に当たる場所を執拗に擦られると、ぱちぱちと小さな熱が弾けて、ユーフィリアの腰を震わせる。

「は、あっ、あ、んんっ……！」

控えめに堪えた喘ぎが甘い声となって室内に響く。

それこそか細い鈴を鳴らすような小鳥みたいな声だ。

中を探られながら、同時に尖った陰核の根元を逆の手で撫でられると、弾ける熱はそのたびにどんどん大きくなって、腰もさらに大きく揺れ始める。

既にユーフィリアの顔は、ボロボロと溢れ出た涙に濡れていた。

「あ、あ、ああ、あっ……‼」

ユーフィリアの声に切羽詰まった響きが含まれることに気付いたのだろう。

「そのまま、もう一度達すると良い。その方が楽になれる」

アレクシスの指を抜き差しする動きは速度を増し、くるくると花の芽の周囲を回る指に敏感になりすぎたてっぺんを擦られると、再び高みへ引っ張り挙げられる感覚に歯を噛みしめて大きく背をのけぞらせた。

「ん、んんっ、んっ‼」

ガクガクと瘧（おこり）のように身体が震え、腰が跳ね上がる。

内側に収められたアレクシスの指を絞るように締め上げる動きに彼が何かを堪えるように喉を鳴らす様にも気付かないまま、再び高みへと押し上げられたユーフィリアはすぐに現実に戻ってくることができなかった。

荒い呼吸を繰り返し、力なく弛緩させたその身体の内側から指が引き抜かれたのはその時だ。

抜き取られる際に内側を擦る僅かな刺激にさえ、彼女の身体は揺れた。

と同時に再び両足を抱え込まれ、アレクシスの身体が近くなる。

いつの間に寛げていたのか、秘部に押し当てられた熱の塊にはもう布の感触はない。

あるのはひどく熱く硬く、そして互いの体液でぬるりと滑る感触だ。

「ユーフィリア……あなたを貰うよ」

「……」

まだ達した影響から、声はすぐには出なかった。

でも小さく肯く。

そんな彼女にアレクシスは微笑んで、優しく告げた。

「目を閉じていなさい、何も怖いことはない。……大丈夫だから」

これにもユーフィリアは肯いた。もとより、もう怖いとは思っていない……仮に怯えが心に芽生えても、それはアレクシスへの恐怖ではなく、乙女ならば誰でも感じる、初めての経験に対する本能的な怯えだ。

「あなたの全ては私のものだ。誰にも渡さないし、決して手放さない。……だから、私のものになりなさい」

真っ赤に染まった顔でユーフィリアは笑った。

だってもう、自分の全てはとっくに彼のものなのに。

それを教えるように、これまでで一番しっかりと肯くと、アレクシスは幸せそうに笑い、そして入り口を割り拓くように熱いものが沈んできた。

幾度か極め、指で広げるように丁寧に馴染まされていても、含まされたものは恐ろしいほど大きくて、与えられる痛みは避けられそうにない。

「痛っ……っ、んんっ……‼」

先ほどとは違う意味でガクガクと腰が震えた。

太腿が強ばり、じんっと神経が痺れるような感覚が腰を始点に全身へと広がっていく。

泣きたくもないのに生理的な涙が次々と溢れ出て、熱く火照っていた身体の熱がみるみる冷えていく。

「は、はぁ、はぁ……」

文字通り、身を裂かれるような痛みだった。

アレクシスの肩に回した手が爪を立て、その肌に赤いミミズ腫れを残していることにも気付かない。

　息を詰めて腹に力を込めると余計に辛いから、なんとか呼吸を繰り返すように意識したけれど、その呼吸も途切れ途切れになる。

「……すまない、ユーフィリア。でもあと少しだから……」

　少しでも痛みを紛らわせようとするかのように、アレクシスはユーフィリアの肌に触れた。

　腰骨をさすり、腹を撫で、胸を揉み、その頂きを扱く。

　そうしながら少しずつ繋がる腰を揺らしながら、奥へ、奥へと進むその存在がとうとう最奥へ辿り着くまでにどれほどの時間がかかっただろう。

　ピタリと互いの腰が重なったことで、ユーフィリアはようやく彼へ乙女を捧げられたことを自覚した。

「……入った。判るか、私があなたの中にいるのを」

「……はい」

　正直、痛みで感覚がいくらか麻痺（まひ）しているのか、そこはぼうっと熱っぽくて痺れているように感じる。

　でも腹を内側から押し上げるように、自分の最も深い場所に彼がいるのは判った。

「よく耐えてくれた……ありがとう」

「……あなたの妻になれて、嬉しいです」

ふわりと微笑むと、途端に腹の中のそれが少し膨らんだ気がしたのは気のせいだろうか。

今でさえいっぱいいっぱいなのに、さらに大きくなったような感覚に驚いて息を詰まらせると、目元を赤らめたアレクシスが呻くように告げた。

「……この状況で、あまり私を刺激してくれるな……これでも精一杯堪えているつもりなんだ」

よくは判らないけれど、なんだかまずいことを言ってしまったらしい。

でもそれは困ったことであったとしても、悪いことではないのはなんとなく理解して、またユーフィリアはふふっと笑う。

少しばかり眉を下げたアレクシスが、叱るように顔を寄せると唇を塞いだ。

すると彼が前傾に身体を倒したことで、内側のものの重心が少しずれて先ほどまでとは違う角度で内側を押し上げられる。

「あっ……」

そんな僅かな変化にさえも刺激されて、小さく声が漏れ、乱れた呼吸が震えた。

アレクシスは繋がったまま、ユーフィリアの身体が落ち着くまで動かなかった。

でもじっとしていてもユーフィリアの中は波打つように蠢きながら、彼自身をきゅうきゅうと締め付ける。

大きく膨らんだ彼の雄芯は今にもはちきれそうで、一秒ごとに彼の吐息の熱が上がっていく。

アレクシスが腰を揺らし出したのは、互いの身が少しずつ馴染み、その内部が柔らかく解け始めた頃だ。

快楽を堪える熱い吐息を漏らしながら、彼は言った。

「……また、痛みを与えてしまうだろうが、もう我慢できない。少し動かせてくれ」

熱に浮かされるように前置く彼に、ユーフィリアはまた肯くと、その腕に手を掛けた。

とたん、収められていた彼自身がぐうっと奥を押し上げた。と思ったら、今度はゆっくりと引き抜かれ、そして間を置かずに再び奥へと沈んでいく。

そのたびに強烈な摩擦と絡みつく膣壁を振り切るように動かれて、ぞわぞわっと言葉にできない刺激が走ったが、それ以上に傷口を擦られるような痛みに声が詰まった。

痛い。

再び冷たい汗が噴き出して、ユーフィリアは懸命に痛みを堪える。

でも、もう痛いと訴えることはしなかった。

彼女の様子を確かめるように窺いながら、それでもアレクシスは腰を動かすことを止めなかった。

否、止められなかったという方が正しいのかもしれない。

初めは短くゆっくりだったその動きが、次第に長く速いものに変わっていくのにそう時間はかからなかった。

「ユーフィリア……ユーフィリア、愛している、可愛い私の小鳥」

アンゲナスのようにユーフィリアが彼に幸福を運んであげられたら良いのに。

「アレクシス様……、アレク、あぁ……っ！」

ユーフィリアは痛みの中にでも、僅かに感じる快楽に必死に意識を集中した。

すると次第に痛みは薄れ、甘く熱が高まるような官能の方を強く感じるようになる。

そうするとさらに彼女の身体は柔らかくなり、比例してアレクシスのものに絡みつく濡れ襞はしっとりと雄自身に吸い付き、纏（まと）わり付いて、渾身（こんしん）の力で締めつける。

「うっ……は、あぁ……」

悩ましいアレクシスの喘ぐ声と共に、前後する腰の動きはさらに速くなり、ぐりぐりと円を描くような動きも加わって、ユーフィリアに明らかな官能の声を上げさせた。

「あっ、あ、ああ、あっ、あ、は、あああああっ‼」

アレクシスに激しく揺さぶられて、ユーフィリアの華奢な身体は揺れた。

真正面から貫かれたまま片足を担ぐように横に向けられると、さらに擦れる角度が変わってより深く密着する。

身体が弾み、乳房が揺れ、汗で肌を光らせてアレクシスの目を楽しませる。

揺らされる度ギシギシと寝台が軋みを上げ、室内に淫らな水音が響き……男女の濃厚な匂いで満たされて、二人の理性をより一層溶かしていった。

「っく……‼」

ユーフィリアの身体の奥で、アレクシスは弾けた。

熱い飛沫を女の腹の最奥に溢れるほど叩き付け、最後の一滴まで注ぎ込みながら、しかし彼の熱は未だ力を衰えさせることはない。

「ユーフィリア……」

「あっ、待って、ああっ！」

僅かな間の後、こちらが良いとも悪いとも答えないうちに再び動き出したアレクシスを止めることはできなかった。

あとはただその求めに流され、翻弄され、受け入れるだけだ。

その夜、ユーフィリアは声が嗄れるまで啼いた。

そしてアレクシスはこれまでの情熱を全て捧げるように、彼女の腹に己を解放した。

夫婦の寝室が静けさに包まれるのは、既に明け方に近い、空が白み始める頃だった。

翌日の朝、揃って寝過ごしたレヴァントリー大公夫妻の寝室のドアを叩く者は誰もいなかった。

そのおかげか、あるいは身体が疲労しきっていたせいか、ユーフィリアの意識が浮上したのはもう随分日が高くなってからで、隣の部屋からはルチアの愛らしい、機嫌よさげな鳴き声が聞こえてくる。

チリリリ、チリリリ。

高く小さな鈴が鳴るような声は、自然と微笑を誘う。

「……ルチア？」

それにしても随分と鳴くなと身体を起こそうとしてすぐに気付いた、自分の身体がしっかりと隣で眠る人の腕に抱えられていることに。

「あっ……」

幾度か瞬きを繰り返し、彼の顔から首筋へ、さらにその下へと目を向けて目に飛び込んでくる肌の色に急速に記憶が蘇ってくる。

彼だけではない、今はユーフィリアだって衣服らしい衣服を纏っていない。

細い首も、まろやかな肩も、毛布に隠された柔らかく膨らんだ胸や下半身ですら裸だ。

生々しい夜の出来事を思い出し、彼女はそれ以上声も出せずに全身を真っ赤に染めると横たわったまま硬直した。

（そうよ、私は昨日の夜、アレクシス様と……）

身じろぐと全身を襲う筋肉痛に呻く。

特に下半身の関節が重怠く、また口には出せないあらぬ場所の違和感も強い。

全身が燃え上がりそうなくらい恥ずかしい。

でも同じくらい嬉しいと思う気持ちもある。

やっと本当の意味で夫婦になれたのだ、と。

あれこれと考えながら、驚いたり、焦ったり、恥じらったりしつつ、最後には照れながら笑ったりと忙しいユーフィリアの耳に、小さく吹き出す声が聞こえてきたのはその時だ。

「……アレクシス様。ひょっとして起きていらっしゃいます？」

「……っく、ごめん。あなたの表情が忙しすぎて……つい」

「…………意地悪です」

じとっと恨みがましい眼差しを向けるけれど、真っ赤な顔ではあまり効果はなさそうだ。

アレクシスはまだ笑いそうになる口元を引きつらせながら、ユーフィリアの額に唇を寄せる。

「でも可愛いよ、とても」

「……っ……可愛いと言ったら、何でも誤魔化せると思わないでくださいね？」

「本当に可愛いと思っているから、そう言っているだけだ」

本当だろうか、誤魔化されているだけじゃないか。

そうは思ったけれど、それ以上追及せずに口を閉じたのは、やっぱり恥ずかしかったからだ。

お互いに夕べのことを思い出すと、どこかそわそわと落ち着かない気分になる。

アレクシスだって余裕があるように見せて、その視線はぎこちなく泳いでいるから、多分内心はこちらとそう変わらない。

そう思っていたら。

「……なんとなく、気恥ずかしいな」

「私もです……」

お互いに呟いて、そして殆ど同時に小さく笑った。

本当に気恥ずかしい。でも幸せな朝だ、できればずっとこうしていたいと思うくらいに。

なんて思ったせいだろうか、不意にユーフィリアは気付いた。

今自分は彼の腕に抱かれて身を寄せているけれど、目覚めたアレクシスにさらに深く抱き込まれて互いの胸が密着している。

だが身体に触れるのは肌だけではないらしい。

腰のあたりに何か硬いものが当たる感覚がする。

昨夜以前ならば不思議に思って「これはなんですか？」と聞いてしまったかもしれないが、今はとてもそんなこと、聞けそうにない。

代わりにこう思った。

（えっ。夕べだけでも大変だったのに、まさかまた？）

思わず、そうっと身を引こうとした。

だがそんなユーフィリアの行動に気付いたのか、直後アレクシスはさらに強く彼女の身を引き寄せると、あっという間に己の身体の下に組み敷いてしまう。

今は朝だ。

カーテンの隙間から日が差し込み、部屋全体が薄明るく、つまり夕べより互いの身体がはっきりと見える。

「あ、あの、アレクシス様……」

懸命に毛布を引き寄せようとしたが、駄目だった。

「逃げようとするなんてひどいな。私はただ、あなたを愛したいだけなのに」

「でっ、でも、あの、夕べ、あんなにたくさん……」

初心者にはちょっとレベルが高すぎたんじゃないでしょうか、と言いたいユーフィリア
だが、アレクシスは彼女の言葉を笑顔で封じる。

「まだまだ足りない。この一ヶ月、結婚しているのに手を出せない状況に耐えきった私にご褒美をくれないか？」

「あ、あの……」

「可愛いな、ユーフィリア。……本当にあなたは可愛い。食べてしまいたくなるくらいに」

食べてしまいたくなるくらい可愛いと言う言葉は、そう珍しい表現ではない。

赤ちゃんだとか、子犬や子猫、小鳥など小さな存在に対して、キスをしたり、本当にぱくっと口の中に入れてしまったり（もちろん食べるわけじゃない）なんて行動は、多分誰しも心当たりがあるのではないかと思う。

思うが……察してしまった。

（ああ、別の意味で食べられてしまうってこういう意味だったのね……）

心身ともに健康な二十代青年の体力と精力は侮れない。

思わず視線を明後日の方に飛ばしそうになったが、それよりも先に彼の唇に唇を塞がれる方が先だった。

ちゅっと軽い音を立て、続いて唇の隙間を縫うように舌を差し込まれて深い口付けを受けてしまうと、もうユーフィリアには彼を押し返すことなんてできそうにない。

願わくば、どうか。

どうか、鈍く痛む自分の腰に優しい情事でありますように。

アレクシスのこの様子では多分、無理だろうなと判っていたけれど。

「妃殿下。お時間です。そろそろお支度をなさいませんと」

机の上に広げられている書類に集中してしばし。

時間を忘れるほど没頭していたユーフィリアの手が、エラの呼びかけによってピタリと止まる。

壁に掛けられた時計へと目を向けた彼女は、侍女の言葉通りそろそろ支度をしなくては間に合わない時間になると理解し、手にしていたペンを卓上へと戻すと、ゆっくりと固まった身体を解すように肩を回した。

「妃殿下。少々はしたなくていらっしゃいますよ」

「ごめんなさい、肩が凝ってしまって。机仕事は嫌いではないけれど、身体が固まってしまうのがやっかいね」

「ご安心ください。肩を凝らせたまま、皇后様の元へ送り出すような真似はいたしません。まずはご入浴をなさってください。それから肩と背中をマッサージいたします」

「エラのマッサージってすごく効果があるけれど、痛いのよね……」

「美しさを保つためには、我慢と努力も必要ですわ」

にこにこと微笑む侍女に促されて、ユーフィリアはやれやれと席を立った。

……ユーフィリアがアレクシスから、大公妃として仕事を任されるようになってそろそろ半年になる。

そして式を挙げておよそ八ヶ月あまり。

まだまだ重要な決裁の内容には関わることはできないけれど丁寧な教えを受けて、今では簡単な書類ならばユーフィリアでも片付けることができるようになった。

アレクシスは年を通して皇帝のいる帝都で過ごすが、レヴァントリー大公領からの書類回ってくる仕事はその殆どが、領地からは各地域を治める領事がとりまとめた書類や陳情が毎日のように届き、その量は小さな国家並みだ。

もちろんその全てをアレクシス一人でこなすわけではないけれど、彼でなければ決裁できなかった書類の一部をユーフィリアが肩代わりできるようになったことで、アレクシスにとっても領地にとっても随分助かっている……というのは彼の弁だ。

「私の仕事をアレクシス様は褒めてくださるけれど、まだまだ駄目ね。要領が悪くて時間ばかりかかってしまう」

浴室へと移動し、バスタブに身を沈めながら明るくお喋りするユーフィリアの髪が濡れないよう丁寧に纏めながら、エラは笑った。

「妃殿下は大変努力なさっておられると私は思います。大公殿下のお役に立ちたいと、随分頑張っていらっしゃいますもの。その健気な努力に殿下もいたくお喜びではございませんか」

確かに大公妃としてお役に立ちたい、何か自分にできることはないかと尋ねた時のアレクシスの喜びようはユーフィリアもはっきりと覚えている。

「あなたのその気持ちがとても嬉しい。私は何という果報者だろう」

ユーフィリアの両手を握り締めて、感無量とばかりに噛みしめるように告げられた時にはちょっと大げさだなとも思ったが、それはここだけの秘密である。

「まだまだ未熟で恥ずかしいわ……でも、少しでもお役に立てているなら嬉しい」

まだ実務に携わって半年。

でもユーフィリアにとっては自ら望んで学んだ、人生の中でも一、二位を争うくらいに密度の濃い半年だった。

我ながらコツコツと頑張ったと思う。

きっかけは少しでもアレクシスの役に立ちたい、彼にふさわしい妻になりたいという思いからだったが、今は大公妃としての自覚も出てきたつもりだ。

まだ大公領に足を運んだことはないけれど、いつかこの目で彼の治める領地を見てみたいと願っている。

「殿下のご寵愛も深くていらっしゃるようで、何よりでございます」

ユーフィリアの顔が赤くなった。

初めはどうなることかと思った結婚生活も、順調に過ごせていると思う。

ユーフィリアの臆病で人見知りな性格も周りの人々、特にアレクシスとエルフリーデの協力と教えを受けて徐々に改善されている手応えがある。

元々公国の公女ということもあり、不足ない教育を受けている身だ。

その上引きこもり中は読書に明け暮れていたこともあり、書籍や資料から得られる知識に限って言えば、帝国の上級貴族令嬢に負けていない自信がある。

意外に博識なユーフィリアの知識に、皇后エルフリーデも、

「それほどの教養があるのならば、知識面での心配は全く不要のようね」

と、笑ってくれたくらいだから。

ユーフィリアなりに努力はしている、それが少しずつ形になっているようで嬉しい。

ただ、結婚生活が長くなるにつれて少しずつ気になってくることもある。

「……あとはできるだけ早く、お子が授かれば良いのだけれど……」

結婚してこれくらいの時間が経てば、子ができている夫婦も少なくない。

でもユーフィリアはまだだ。

つい先日も月のものが始まって、密かに溜息をついたところである。

「妃殿下、まだそれをご心配になるには早すぎますわ。どうか今は気負わず、夫婦関係をより良く深めていくことを大事にしてくださいませ」

「……そうね、あなたの言うとおりだわ。ごめんなさい、少し焦ってしまって」

確かにいくら子が宿っても、夫婦関係が悪いと生まれてくる子も可哀想だ。

そういう意味では今はアレクシスとの関係をより深くしていくことが大事なのだろう。

そのアレクシスとは、真実の夫婦になって以来、もう数え切れないほどに同じ夜を共にしている。

最初はあれほど恐ろしいと思ったことも、肌を合わせる内に随分と和らぎ、今では何がそんなに怖かったのだろうと思うくらいだ。

（でも……そう思えるようになったのは、アレクシス様がいつも気遣って優しくしてくださったからだわ）

思い出すとじわりと頭に熱が上る。

愛されているという自信が持てれば、どうやら自然と他の部分にも自信がつくようになるらしい。

その変化を手放しで褒めてくれたのは、皇后エルフリーデである。

あの晩餐の夜以来、彼女からは度々皇城へのお誘いを受けるようになった。

今支度をしているのも、皇后のお茶会へ参加するためである。

「ここ最近は大分春めいて参りましたし、本日は春バラ模様のドレスにいたしましょう」

最近帝国では、きつくウエストを締めるコルセットやスカートを大きく膨らませるパニエを使用しない、自然な形のドレスが流行っている。

この日ユーフィリアが身に纏ったのは、華やかなピンク色のバラ模様が織り込まれたアンダードレスの上に、銀糸で丁寧に葉や蔦が刺繍された、うっすらと下地が透けて見えるシフォンを重ねた非常に春めいたドレスだ。

下地のバラの模様に、刺繍入りのシフォンを重ねてみると、花びらと葉や蔦が重なって見える清楚で手の込んだデザインである。

いささか甘いイメージもあるけれど、まだ年若く新婚のユーフィリアには良く似合う。

「では行きましょう」

皇城へと到着すると、既に招待客の貴婦人達は一通り揃っていた。

そこにいる女性達はエルフリーデが自ら紹介してくれた貴婦人達で、彼女たちの所作や社交術はユーフィリアにとってとても良いお手本にさせて貰っている。

彼女たちの真似をする内に、それらもだんだん身についてきたようだ。

春の愛らしい装いで現れたユーフィリアを、迎え入れたエルフリーデも貴族夫人たちも歓迎してくれた。

「本当に、見違えるほど変わったわね。もちろん以前も可愛らしい公女様だったけれど、今は清楚で可愛らしいところはそのままに、芯の強い大公妃になられたと思うわ」

「光栄なお言葉をありがとうございます、エルフリーデ様。全ては皇后陛下や、親しくしてくださる皆様方のおかげです」

「あら、一番大事な人を忘れちゃ駄目よ？　あなたが大公妃にふさわしくなりたいと努力なさっているのは、愛しい旦那様のためですものね？」

もちろん言われるまでもない。

だが面と向かってそう言われると、やっぱりどこか気恥ずかしく、ユーフィリアの頰はすぐに赤くなって頭から湯気が出てしまいそうな気分になる。

「あらあら。そういうところはいつまでも変わらないのね。可愛らしいこと。これではアレクシス様も愛しくて仕方ないでしょう」

「……どうか、その。もうお許しくださいませ……」

エルフリーデの他、お茶会の席に招かれた貴婦人達の間からクスクスと微笑ましげな笑い声が上がる。

今はまだ本格的にシーズンが始まる直前の初春ということもあって、席に集うのは重役に就く臣下の妻達ばかりだ。

人数は控えめの小規模な茶会だが、その分遠慮のない話題が上る。

そのきっかけを作ったのは、社交界でも一番の情報通と言われる、文官の夫を持つマイヤーズ伯爵夫人である。

「そうそう皆様、ご存じ？　もうじき新たな社交シーズンが始まりますけれど、ノイエ辺境伯夫人が帝都へお戻りになるのですって」

「まあ……ノイエ辺境伯夫人とは、あの方ですわよね。ベルダン公爵家の……ステファニー様」

その名を聞いた瞬間、ギクリとユーフィリアの肩が強ばった。

ユーフィリアの脳裏に浮かぶのは、アレクシスとの婚約前に見かけた、彼に露骨なほど執着していた公爵令嬢の姿だ。

あのまま放っておけばステファニーがユーフィリアに何かしらの危害を加える可能性が高かったため、皇帝の命令で辺境伯との結婚を理由に王都から遠ざけられていた。

おかげで昨年はユーフィリアもそちらの心配をせずに過ごすことができたのだが……どうやら今年はそうも行かないらしい。

「どうかお心をしっかりお持ちになってくださいね。何かお困りになったら相談なさって。必ずお味方すると約束します」

貴婦人の一人に励まされ、ユーフィリアは頭に浮かぶステファニーの姿をどうにか振り切ると微笑む。

「ありがとうございます。大変心強く思います」

他の貴婦人達も似たような反応だ。

彼女たちの目から見てもステファニーのアレクシスへの執着は眉を顰（ひそ）める類いのもので

あったらしい。

今回この場で教えてくれたのも、ユーフィリアに心構えをさせる意味もあったのではないかと思う。

確かに知らずにいきなり社交界で出会うには強烈な相手だ。

「辺境伯にはしばらく奥方を王都へ寄越さぬようにと言い含めていたはずなのだけれど、どうやら奥方の要求に絆(ほだ)されてしまったようね」

やや呆(あき)れ顔(がお)で溜息を吐いたのはエルフリーデだ。

だが多少大公にしつこくつきまとっただけで特にそれ以上の罪を犯していない貴族を気分一つで王都から追放する命令は、皇帝や皇后でもできない。

辺境伯にはあくまで「言い含めた」だけなので、表立ってそのことを咎めることもできないのだ。

もちろん、それを無視する形になった辺境伯への皇帝夫妻の心証は下がるだろうが、ステファニーが社交シーズンに王都に来ることを完全に止める手立ては今のところない、ということである。

「何を目的にやってくるのか……想像に難くないけれど」

意味深なエルフリーデの眼差しを受けて、ユーフィリアはいささか困ったように眉を下げながら苦笑した。

実のところ、いずれこんな時がくるだろうとは思っていた。

ステファニーが辺境伯と上手くいってアレクシスのことを諦めてくれたらと願う気持ちはあったけれど、最初に見かけた彼女の様子では望み薄だとも判っていたから。

今のユーフィリアはどれほど手強い相手でも、あっさりと身を引くわけにはいかない。強くなって自分を変えたいと願ったのも、こんな時のためでもあるのだから。

「ご心配いただき、ありがとうございます。でも、大丈夫です」

「ええ、そうね。今のあなたは誰に何を言われようとこのダイアン帝国唯一の大公妃。立場を弁えない辺境伯夫人の戯言に負けては駄目よ」

本音を言えば、ステファニーに限らず誰かと争うなんてことはしたくない。

でもその争いの先にアレクシスとの未来がかかっているのだと思えば、逃げるわけにはいかない。

（アレクシス様のおそばから退くわけにはいかないわ）

彼の妻の座を誰かに渡すつもりもない。

しっかりしろと、自分に言い聞かせた。

アレクシスの妻、レヴァントリー大公妃は他の誰でもない自分自身なのだから。

第五章

「お久しぶりでございます、アレクシス様。こうして再びお会いできる日を今か今かと夢に見るほど待ち望んでおりましたわ」

社交界の開始を知らせる皇室主催の春の大舞踏会に夫と共に颯爽と現れた、ノイエ辺境伯夫人であるステファニーは、それぞれの隣にいる配偶者の存在に目もくれずまっすぐにアレクシスの元へやってくると、文字通り夢見るような眼差しでそう告げた。

この夜、彼女が身を包むのは濃い紫色の深くデコルテを開いたドレスだ。

豊かな胸が細く絞ったコルセットに押し上げられて今にもこぼれ落ちそうになっている。限界まで細いラインを強調したウエストから広がるスカートは幾重にもパニエを重ねてボリュームを出している。

現在の帝国の流行よりも一つ前の、いわゆる流行遅れと言われるスタイルだったが堂々としたその姿がそのようなことを気にさせないくらい似合って見える。

まるで星を砕いたように多くの宝石をちりばめて、胸元にも髪にも耳にもそろいのアクセサリーで引き立たせ、真っ赤な口紅をあしらった彼女は、女性の持つ色気と美貌、そして毒々しさの全てを持っていた。

妻の後をばつが悪そうに追ってくる夫、ノイエ辺境伯の姿は随分と控えめなものだったので、彼女の装いはかなり無理をして用意させたものなのかもしれない。

「ああ、アレクシス様。どうか何か仰って？　あなた様のステファニーがこうして戻って参りました。どうかお声をかけてくださいませ」

端から見れば完全に恋する眼差しだ。ある意味いじらしいほどである。

しかし彼女は既に人の妻。しかもすぐ傍らには夫がいるというのに、こうも露骨に他人の夫に秋波を送る有様では逆に狂信的で恐ろしい。

周囲の人々はもちろん、アレクシスも明らかに不快げに眉を顰めたけれど、彼女の目には全く映っていないようだった。

「……夫婦のことに口出しはしたくないが、ノイエ辺境伯。あなた自身のためにも、今すぐ奥方を連れて帰ることをお勧めする」

「……は……申し訳ございません」

複雑な表情で辺境伯が顎を引いた。

冷ややかなアレクシスの眼差しに、言外に込められた言葉を彼は理解しただろう。

『あなたを信頼してそれ相応の見返りと共に預けたというのに、なぜ事前に相談もなく連れてきたのか』

と、そう言っているのだ。

だがどうやら辺境伯のステファニーへの様子を見ると、彼は美しく妖艶な妻に籠絡されてしまっているようにも見える。

これまで忠実な臣下として皇室に尽くしてくれていた功績を信頼してのことだったが、もしかすると今回は彼には荷が重すぎたのかもしれない。

「行こう、ユーフィリア。挨拶をしなくてはならない者は他に多くいる」

「……はい」

もはやアレクシスはステファニーへの嫌悪を隠しもしない。

そっとユーフィリアの肩を抱き、移動を促す彼に従いながら、一度だけステファニーを振り返った。

すると案の定というか当然というか、鋭く睨み付けてくる眼差しとぶつかる。

正直不敬を問われてもおかしくない振る舞いだったが、今ここで騒ぎを起こせば主催者である皇帝や皇后の顔に泥を塗ることになりかねない。

あえて気付かなかったふりをしてユーフィリアはドレスの裾を軽く持ち上げながらアレクシスと共にそこから立ち去った。

だがステファニーの元から離れても、会場内のざわつきは収まらない。

「……すまない、ユーフィリア」

「アレクシス様が謝罪なさるようなことではありません」

「だが、不快な思いをさせている」

申し訳なさそうに詫びる彼に苦笑した。

確かに心地よい空気ではない。ここにいる殆ど全ての人々が自分とステファニーとの対決を期待していることを、ユーフィリアは自覚していた。

だがそれもまた最初から覚悟していたことだ。

それを承知の上で、今夜、ユーフィリアはアレクシスと揃いとなる、目が覚めるような青を基調にしたドレスを身に纏っている。

皇族にのみ許される色を彼と共に纏うことで、アレクシスの妻は自分であると無言で主張しているのだ。

とはいえ青だけだとユーフィリアの髪や肌の色には少し強すぎるため、オフホワイトのレースやリボンで飾り、鮮やかな色の印象を和らげている。

首筋から肩口までを美しく見せるオフショルダーにしたことで、その華奢な身体を強調し、女性らしい繊細さと年若い娘らしい愛らしさを演出しているのもポイントだろうか。

さすがに舞踏会であるのでコルセットは避けられないが、細い腰の低い位置から控えめに広がるスカートのラインが女性的で美しく、不思議と存在感を強く感じさせる、そんなデザインだった。

柔和で繊細なユーフィリアの美貌と相乗して、まるで神話に出てくる女神のようだと賞賛したのは、夫であるアレクシスである。

そのアレクシスはやはり少し申し訳なさそうだ。

「せっかく美しく装ったあなたをエスコートしているのに、他のことに気を配らねばならないとは……理不尽にもほどがある」

「あなたがそう仰ってくださるだけで、私は充分幸せです。それに折角の舞踏会ですもの。あなたがお相手をしてくださらなければ、私は他の誰とも踊れません」

ちょうど、折良く楽団の奏でる音楽が流れてくる。

ね、と視線で促すとアレクシスは眉間に寄せていた皺を和らげてこちらへ向き直り、そしてその手を改めて差し出してきた。

手に手を重ねれば、それがダンスの始まりだ。

向き合ったまま一度離れてお辞儀をし、再び手を取り合って音楽に合わせて踊り出す。

周囲の人々が二人を取り囲むように下がり、ダンスホールの中央で踊る男女は今大公夫妻の一組だけ。

全ての人の注目を受けながらのダンスはユーフィリアの緊張を極度に高めるけれど、絶対に失えない人がいると思えば耐えられる。

「お似合いのお二人だこと」

「大公殿下はよほど妃殿下が大切でいらっしゃるらしい。これは……水を差す方が無粋だろうな」

人々は囁く。

すぐそこで、寄り添う大公夫妻の姿に鋭い眼差しを向けている人物がいることを承知の上で。

ただの冷やかしなのか、あるいは人妻であるステファニーがその立場を忘れ、人前で堂々と大公に言い寄った彼女へのあてつけか、いずれにしても彼女に対する好意はない。

皆、彼女自身に問題があって、皇帝自らの命で辺境伯の元へ嫁がされたことを承知しているのだ。

どんなに火遊びが好きな女性でも、夫の前では慎むものだ。

それにもかかわらず、夫の目前でも気にすることなく不貞をほのめかす恥を知らぬ女だと、手厳しい視線を向けるのも仕方のない話だろう。

アレクシスが結婚する以前はステファニーと大差ないアピールを行ってきた女性や、娘や姉妹を推す貴族達も多くいただろうに、状況が変われば途端に手の平を返すのはどこの国でも同じだ。

「まったく……変わらないな」

帝位争いの時も彼らの変わり身の早さは同じだった、とやや不機嫌そうにアレクシスは呟いた。

彼の言葉に苦笑しながら、ユーフィリアは考える。

ならば、ある意味変わらないステファニーの言動は、どうなのだろうかと。

普通はお互いに結婚し、相手に毛嫌いされ、皇帝から直々に家門や本人にも釘を刺されればよほどの事情がない限りは身を引く。

失うものが多すぎるからだ。

でもステファニーは引こうとしない……その、よほどの事情があるか、あるいは。

「……本当に、お好きなのかも……」

「うん？　どうした？」

小さく呟いたユーフィリアの言葉はアレクシスには聞き取れなかったらしい。

こちらを見つめる彼の青い瞳を見つめながら、彼女は小さく首を横に振ると笑った。

たとえそうであっても、引くわけにはいかないし、譲る気もない、そしてこの問題を先々まで引きずりたくもない。

そう、本来ならばこのような争い事はとことん苦手なユーフィリアが、あえてステファニーの前で挑発するようにアレクシスとの仲を見せつけているのは、全ては彼女に諦めさせるためだ。

それは彼女が帝都にやってくると聞かされた日まで遡る。

「皇后陛下やその他のご婦人方から、ベルダン元公爵令嬢が帝都にお戻りになると伺いました。彼女がまだアレクシス様を諦めていないのであれば、帝都にお戻りになったなら、必ずあなたに接触しようとすると思います」

ユーフィリアから相談があると持ちかけられて聞かされた話に、アレクシスは頭を抱えるように額に手を当てたものだ。

「それは私も既に陛下から聞いている。どうやら令嬢の抑えにと期待した辺境伯は、妻を御することはできなかったらしい」

アレクシスの知るノイエ辺境伯は皇室に忠実な堅物で、ステファニーの件についても自分が役に立てるなら、と自ら手を上げてくれた人物だと聞いた。

厄介者を押しつけるような形になってアレクシスの気は引けたが、堅物すぎてこれまで良い縁に恵まれなかったため、むしろ妻を得ることができるのであれば自分にとっても悪い話ではないと、そう笑って受け入れてくれた好人物だったそうなのだが……。

少なくとも向こう五年は妻を帝都に近づけないように、という皇帝とアレクシスの要請に僅か一年で背く形となったのだから、おそらくは彼でもステファニーの扱いに苦慮したか、あるいは籠絡されて抗えなかったかのどちらかだろう、と。

「アレクシス様は公爵令嬢に少しも惹かれなかったのですか?」

苛烈な性格に目を瞑れば、ステファニーは見栄えのする美女だ。

彼女に可愛らしく強請られれば弱い男性は多いだろう。

その上彼女は公爵令嬢である、身分としても申し分ない。

純粋な疑問として訪ねたユーフィリアだったが、返ってきたのは渋面に近い、実に不本意そうな表情だった。

「私が結婚相手に求めるのは、穏やかに共に過ごせる相手だとあなたに言っただろう。残念ながら彼女はそう思える女性ではなかった。公爵令嬢と結婚するくらいなら生涯独身の方が遙かにマシだ。それに彼女を相手にして良い思い出は皇子時代から全くない」

きっぱりと言い切った彼の様子から、本当に良い思い出はないらしい。

「参考までに、どのような……？」

問えばアレクシスはどこか遠い目をして、それは深いため息を吐いた。

「そうだな……定番だが、ゆうに片手の数は寝室に忍び込まれ、媚薬を盛られそうになったことも一度や二度ではなく、ありもしない醜聞をでっち上げられそうになったことは日常茶飯事。待ち伏せ、つきまとい、日に三通は届く手紙。こちらのスケジュールを把握し、夜会や宴遊のたびに気付けば隣に忍び寄られ、仕事中にもかかわらず執務室への押しかけ、周囲の人間の買収、下手をすれば視察の出先までついてこられたこともある。断っても断っても断ってもしつこいインクの染みのようにつきまとってくる」

幸い未然に防ぐことができたが、責任を取らせる形で結婚まで持ち込もうとしたのだろう」

「ひどい時は私がまるで彼女を暴行したかのような罠に嵌められそうになったこともある。

「……まあ……」

「……それは……」

「何より一番厄介なのは、彼女がベルダン公爵の娘であることだ。陛下が帝位に就くために力を尽くしてくれた最も大きな貴族であることも確かだから、容易に邪険にすることもできない。……それにもう一つ、彼女とは全く会話が成立しないことだ。あなたはもし他者から『迷惑だからもうつきまとうのは止めてくれ』と言われたらどう考える？」

「嫌われているのだと理解し、距離を置こうとすると思います」

ユーフィリアのもっともな答えにアレクシスの溜息はさらに深くなる……まるで何処までもついてくる因縁のように。

「あの令嬢は違う。私がどれほど訴えても彼女はこう言うんだ。『まあ、アレクシス様は恥ずかしがり屋さんでいらっしゃいますのね』と」

「………………」

心底嫌がっていると判る顔をしている。

この場合、より気の毒なのはそこまで嫌われてしまったステファニーの方なのか、嫌った相手につきまとわれるアレクシスの方なのか、判断が難しい。

「言葉の通じない異国人の方が、身振り手振りや表情で理解しようとしてくれるのだからずっと付き合いやすい。私はあの令嬢を相手にしていると、人の皮を被った何か別の生き物を相手にしているような気分になる」

ステファニーからすればアレクシスへの好意をただ懸命に表現しているだけなのかもしれない。

だがアレクシスの側からすると彼女の存在はもはや恐怖だ。

アレクシスがこれまで結婚に積極的になれなかったのは、確実に彼女の存在が大きな影響を与えている。

「……相当ですね……」

できることなら騒動を起こす前に、ステファニー自身に、アレクシスを手に入れるのはもう無理だと悟って身を引いてほしい。

これ以上積極的にあちらが絡んでくることがなければ、アレクシスもその存在を否定するつもりはないのだ。

そうしてアレクシスと相談した上での、先ほどの見せつけるような行動である。

その後も共に寄り添っては見つめ合い、微笑み合い、いかにも愛し合う仲の良い夫婦の姿を披露する。

ステファニーには気の毒だが、おかげで一定の効果はあったようだ。

それから間もなく彼女はこちらの様子を目にし続けることが耐えがたい、と言った様子で背を向けると会場から出て行ってしまったから。

妻の後を追うノイエ辺境伯の後ろ姿を認めながら、チクリと小さな罪悪感がユーフィリアの胸を刺す。

「なんだか、とても申し訳ないことをしている気がします……」

「変に気を持たせるより、望みはないと教える方がまだ親切だろう」

「……そうですね。そう受け取ってくださると良いのですが……」

本心だ。

これでステファニーが諦めて引いてくれたらと、ユーフィリアは心からそう思っている。

それがもっとも平和で、誰にとっても実害の少ない手段だと……だが同時にこう思ってもいた。

これでは終わらないだろう。この程度でステファニーが引くくらいなら、彼女はとうの昔に諦めているに違いないのだから。

そしてその予想は正しく的中した。

この夜会から数日後、ノイエ辺境伯夫人からユーフィリア宛に茶会の招待状が届いたのである。

もちろん本当の目的は、楽しくお茶会をして親睦を深める、などという健全なものではないだろう。

「あまりにも魂胆が透けて見えすぎる。無理に誘いに応じなくても良い」

そうアレクシスは言ってくれたし、ユーフィリアも本心では全力で断りたいと、臆病な自分の心が敵前逃亡を懸命に訴えているけれど、それでは何の解決にもならない。

「……いいえ、行ってきます。どんなお話ができるかは判りませんが……恐らく必要なことだと思うので」

それにいくら何でもこれほど堂々と名を出して茶会に誘っておいて、そこで問題を起こすほど愚かではない、とも思いたかった。

ステファニーがユーフィリアに嫌がらせや排除をしようとするにしても、悪事はもっと秘めやかに行われるものだ。

仮にユーフィリアの身に何かあれば、誰の仕業かはすぐに露見する。

それでは結局アレクシスを手に入れることはできない。

実際、ユーフィリアの考えは間違えてはいないと思う。

たぶん、これは前哨戦（ぜんしょうせん）だろう。ステファニーもまたユーフィリアがどんなタイプの人間であり、どうすれば効率良く退けることができるかを考える、情報収集のようなものだろうと。

普通の人間の考え方だ。

だが……残念なことにステファニーは『普通の人間の考え方』の持ち主ではなかった。

アレクシスが『会話が通じない』と言ったことの意味をユーフィリアが改めて理解するのは、そのお茶会の席でのことだったのである。


王都の辺境伯邸でユーフィリアを出迎えたのはステファニーだけだった。

また招待に応じて参加したのもユーフィリアだけだったらしい。

お茶会などというのはただの名目で、本当の目的はこうして二人きりで会話をすることだったのだろう。

でもまさか、真正面から話を切り出されるとは思っていなかった。

「ねえ、ユーフィリア様？　私に返してくださらない？」

ステファニーは形ばかりの茶菓子を振る舞うことさえなく、席に着くなりこう言った。

傍らでお茶の用意をしていた屋敷の侍女が困惑してその手を止めてしまうくらい、唐突な発言だ。

「……返す、とは何のことを仰っているのでしょうか。私と夫人が直接お話をするのは今回が初めてです」

「あら、おとぼけになるの？　アレクシス様のことです。大人しい公女様のふりをして意外と大胆な真似をなさるのね。横からかすめ取っていくなんて」

いくら、実家がベルダン公爵家とはいえ大公妃相手に『横からかすめ取っていく』などという盗人に対するような発言はあまりにも言葉が過ぎる。

下手をすればこの一言で不敬罪を問うことだって可能だろう。

そんな言葉を平気で口に出せるということは、つまりステファニーはユーフィリアをその程度の存在だと考えているのだ。

「……私は……」

ユーフィリアの声がかすかに揺れた。

膝の上に重ねて置いた両手が小刻みに震える。

本音を言えば、怖い。

今すぐ逃げ出したい……でも、脳裏にアレクシスの顔を思い浮かべる。

それをすればたとえステファニーから逃げられたとしても、ユーフィリアの事実上の負けだ。

大切な人よりも目先の恐怖に負けた臆病者として、ユーフィリアはアレクシスに合わせる顔がなくなる。

（他のことはともかく、ここで負けるわけにはいかない。これから先も、アレクシス様の隣にいたいのでしょう?)

自分に自分で言い聞かせるように心の中で問いかけた。

震える両手を、色が変わるほどに強く握り締めて、ユーフィリアは俯きそうになる顔をまっすぐに上げると告げた。

「……そのお言葉は聞かなかったことにいたします」

「……なんですって?」

「私たちの結婚は、お互いに望み、陛下の認可を受けた正式なものです。そもそも、返すとか返さないとか、アレクシス様は物ではありません」

必死に両足に力を込めた。

その場で力が抜けて頽(くずお)れてしまいそうだったから。

同じくらい腹にも力を込めた。

そうしないと、か細い声が音にならない。

たとえ顔から血の気が引こうとも、手や足が震えて止められなくても、恐怖と緊張で涙ぐみそうになっても、まっすぐにステファニーを見つめ返す。

今この一時の恐怖より、生涯アレクシスを失うことの方が比べものにならないほど恐ろしい。

ユーフィリアにとって、彼はそれほど大切な夫だ。

今にも倒れそうな有様だというのにユーフィリアが一歩も引くつもりがないことは、どうやらステファニーにも伝わったようだった。

「あらあら、意外と頑張りますのね？　恐ろしいのであれば無理をなさらずともよろしいのに」

「……なんと仰っても、アレクシス様の隣を譲ることはできません」

「あなたがいらっしゃるまで、アレクシス様の最も有力な妃候補は私でした。他人のものを奪い取るなど、一国の公女ともあろう方が恥ずかしいと思いませんの？」

「……あくまでも、候補、でしょう？　婚約者ではございません」

一瞬ステファニーが黙り込んだ。

どうやらユーフィリアが反論してくることを想定していなかったらしい。

彼女の中では少し強く言い含めれば、すぐに耐えられなくなって逃げ出す、それこそ本当に臆病な小鳥同然だと思われていたのだろう。

だが長くは口を閉ざさない。

驚きはすぐに通り過ぎたのか、彼女は肩を揺らすように笑った。

「たとえ婚約はまだであったとしても、時間の問題でしたわ。我がベルダン公爵家は先の皇位継承争いにおいて、最初から最後までグレイシス様のお味方でした。当時お二人の旗色は随分と悪かった、下手をすれば共倒れしてもおかしくはない状況でですよ？　なぜかご存じ？」

「……」

「私がアレクシス様のためにお父様に懇願したからです。どうかアレクシス様にお味方してくださいと」

本当はステファニーはアレクシスが帝位に就くつもりだと思っていた。

しかしそうはならず、彼が実兄を支持していたためにベルダン公爵家もグレシオスの味方をするような格好になったが、それは全てステファニーが父に縋ったからだと彼女は言った。

「それがどういうことかお判り？　私の尽力なくしては、今の皇帝陛下も大公殿下も、その存在さえなかったかもしれないということです。その私がアレクシス様の元にいられないなんて、おかしいでしょう」

自分がいたからこそ、今の帝国がある。

なるほど、それがステファニーが立場を越えて強気に振る舞える大義名分らしい。

彼女にはアレクシスはもちろん、グレシオスの命を救ったのは自分だという自信があるからだ。

確かに彼女の言葉が事実であれば、それも仕方ないように思える。

でも。

「……そうでしょうか」

「何ですって？」

疑問を向けた途端、硬質な鋭い声と共に睨まれて、ユーフィリアの肩がびくっと震える。

胸の前で握り締めた手は、力を込めすぎて真っ白だ。

それほど強く握り締めているのに、震えは止まらない。

それでも、ユーフィリアはそこで言葉を止めなかった。

「……確かに、あなたのご実家のお力は大きかったのだと思います。でも……私は直接お話しさせていただいたことはまだありませんが、何度かあなたのお父様、ベルダン公をお見かけした印象では、娘の言葉一つで家門の命運を賭けた判断をする方には見えませんでした」

結果的にベルダン公爵は第二、第三皇子の味方をすることに決めた。

当時もっとも旗色の良かった第一皇子の元には侍らずに。

そこには娘の懇願以上の打算が間違いなくあったはずだ。

もちろんステファニーがアレクシスの妃となることを期待してもいただろうけれど、公爵が何がなんでも、という考えであったならアレクシスはきっと逃れ続けることはできなかっただろうと思う。

結局ステファニーが彼の隣にいない時点で、ベルダン公爵にとっては娘を大公妃にすることが最重要事項ではなかったと考えられる。

「あなた様の懇願の影響がなかったと言い切ることはできませんが……得るものがあれば、きっとベルダン公はあなたに反対されたとしても、お二人のお味方になったと思います」

ユーフィリアは言葉を続ける。

「……それに恩は、助けられた側が自然と感じるものであって、強引に押しつけるものではないと思うのです」

瞬間、ステファニーの顔がカッと赤く染まった。

美しい顔をみるみる怒りの形相に変えてユーフィリアを睨み付ける。

視線で人を殺すことができたなら、きっと今頃この胸を貫かれているだろうほどに鋭い眼差しで。

「盗人が、何を偉そうに……！」

吐き捨てる、その言葉こそがステファニーの本心だろう。

彼女からすれば確かにユーフィリアは狙った獲物を横からかすめ取っていく盗人なのかもしれない。

しかし腹の中で何を思ったとしても口に出して良いわけではない。

ステファニーが認めようと認めなかろうとユーフィリアはアレクシスの唯一の妃であり、大公妃だ。

再び腹に力を込めて、懸命に言葉を押し出した。

「ノイエ辺境伯夫人。今のお言葉を撤回し、謝罪してください。私への侮辱の言葉は、アレクシス様への侮辱になります」

ユーフィリアにしてみれば、ここまでの発言はかなり頑張った方である。

今にも逃げ出したい衝動を抑え、怯える心を抑え、人と争うことなどしたくない気持ちを抑えて告げたのだ。

「今、謝罪して引いていただければ……それ以上大事にするつもりはありません」

どうか従ってほしい……そう願ったけれど。

「……ふふっ。うふふふ」

数秒後、ステファニーから返った反応はユーフィリアの想像していたどれとも違った。

彼女は笑ったのだ、まるで喜劇でも目にしたかのように愉快そうに、腹を抱え、肩を揺らして。

あまりの変わりように、ビクッとユーフィリアの肩が震える。

ぎゅっと自分で自分を抱きしめるような仕草を見せる彼女に、ステファニーはさらに笑うとこう言った。

「突然笑ってごめんなさい？　でもあなたがいけないのです、あまりにも現実が見えていない発言をなさるから」

意味が判らない。現実が見えていないのはステファニーの方だ、それなのに。

怯えと不審の両方を浮かべるユーフィリアの表情から、言葉にせずともそんな疑問は伝わったのだろう、ステファニーはまた笑う。

その笑みは意外なほど無邪気で、まるで幼い少女のようなあどけなささえ感じられた。

だがその無邪気であどけない笑みに、ユーフィリアはなぜか胸の内がざわつく感覚を覚える。

警戒を見せるユーフィリアにステファニーはさらに笑みを深めると告げた。

「お気の毒な方。ここで素直に引くべきはあなたの方でしたのに。そうすれば傷一つ負うことなく帰ることができましたのにね？」

「……もし、私に何かあればすぐにあなたが関わっていると露見します。アレクシス様はお許しにならないでしょう」

「いいえ、お許しくださるわ。だってアレクシス様が真実に愛しているのはこの私ですもの。今は素直になれずにいるだけ。男性には好意を持つ相手に素直になれない時期があると聞きます。きっとアレクシス様もそうなのでしょう」

……一体、何を言っているのだろう。

まるでアレクシスを思春期の少年だとでも思っているのだろうか。

「……ご夫君のことは、お考えにならないのでしょうか？」

「あの人は私がお願いをしたら何でも聞いてくれるの。ええ、なあんでも、ね」

どこか夢心地にうっとりとさえしながらそう語るステファニーの姿を前に、ユーフィリアの背にぞっとした冷たい何かが滑り落ちていく感覚がした。

アレクシスが語った『会話が通じない』という言葉を、今本当の意味で理解した気がする。

本当に会話が通じない。否、ステファニーは自分に都合の悪い話を聞こうとしない。

何をどう告げても、彼女は自分の望むようにしか受け取らず、望まないことに関しては自分の良いように真実を歪めてしまうのだ。

しかもそれを彼女は無自覚に行う。

これは駄目だ。アレクシスが手こずるはずだ、ステファニーの言動はユーフィリアの常識を遥かに超えている。

「……よく判りました」

「判ってくださったのなら良かった。それなら今すぐに……」

「今のお話は持ち帰り、改めて夫と相談いたします」

これ以上の会話を諦めて、ユーフィリアは席を立つ。

「途中での退出をご容赦くださいませ。……失礼いたします」

そのままテーブルから離れ、出入り口へと向かった。

扉は開け放たれている。廊下には共に連れてきたユーフィリアの侍女と護衛が待機している。

今すぐ彼らの元へ駆け出したい衝動を堪え、無様な姿を晒すことのないように、背筋を伸ばし、震える足に力を込めて一歩、また一歩と前へ進む。

ステファニーが引き留めることはなかった。

とにかく早く大公家へ戻って、アレクシスと今後について相談しなくてはならない。

グレシオスにも相談が必要になるだろうし、場合によってはベルダン公爵家へ正式な抗議を行う可能性もある。

そう考えながら、同時に願った。

どうか、どうかこのまま自分を黙って帰らせて、と。

さもなくば……

あと数歩で部屋の出口へ辿り着くとなった時だった。

「えっ」

バタン、と突然目の前で開いていた扉が閉じた。

それも叩き付けるような勢いで。あと少し前に出ていれば、重たい扉はユーフィリアを直撃しただろう。

しかし、突然目の前で閉じた扉に驚いている暇もなく、後ろからひゅっと空を切るような音が聞こえた。

それはもう、殆ど無意識に身体が動いたと言って良い。

反射的に横へ身を流すように振り返るのと、つい先ほどまでユーフィリアが立っていた場所に何かが振り下ろされるのはほぼ同時だ。

その何かが、がつっと背後の閉じた扉を手荒に叩き跳ね返る。

振り返るのが一瞬遅れていたら、その何かはユーフィリアの肩か、最悪頭部を打っていただろう。

「な、何を……」

さすがに声が震えるのはもう止められなかった。

そこにいるのはステファニー一人だけで、彼女の手には奇妙に形を歪ませた燭台が握られている。

まさか、今、自分をかすめて扉を叩いたのはあの燭台だろうか。

もしかしてステファニーは、背後からユーフィリアに殴りかかろうとしていた？

先ほどとは違う意味で、ぞっと背筋が冷えた……あんなもので殴られていたら、下手をすれば怪我では済まない。

「あら……どんくさいように見えて、意外と俊敏に動くのね。素直に意識を失っていた方が、あなたにとっては楽だったでしょうに」

充分に凶器と言えるもので人を殴りつけようとしたステファニーは、しかしそんなことを微塵も気にしていないような笑顔でにっこりと微笑む。

美しく華やかな笑みが、逆に強い狂気を宿しているように見えて、ユーフィリアの心に強い恐怖を与えた。

「……な、何を……？」

みっともなく声が震えるけれど、止められない。

ステファニーの行動は完全にユーフィリアの理解の外にある。

「あなたが悪いのよ、見苦しく抵抗するから。自国を侵略しようとする外敵は排除する義務があるわ。これは正当な防衛行為よ。」

「……しょ、正気ですか……」

「正気か、だなんて随分失礼なことを仰るのね」

ステファニーは変わらず笑うが、さすがにこれはない。

だが、多くの人が「ない」と考えることを「ある」と判断するのがステファニーという女性だ。

ほんの短い時間で嫌というほど思い知った。

この女性は、まともに相手をしては駄目だと。

「私だって本当はこんなことをしたくないのよ？　あなたが弁えてくれれば一度だけは大

目に見てあげようと思っていたのに、聞いてくださらないのですもの」

ほう、と溜息を吐きながらステファニーは空いている方の手で己の頰を押さえる。

困ったわ、と言わんばかりの、育ちの良い品のある女性の仕草に見えたが、やっていることも、言葉に秘められている意味も少しも品がない。

何をするつもりか、と問うよりも早くに先ほどユーフィリアが出ようとした扉とは違う扉から、ゾロゾロと複数の男達が踏み込んでくる。

身に纏うお仕着せからこの屋敷で働く使用人だと判った。

ひっ、と喉の奥で悲鳴になり損ねたかすかな声が漏れる。

密室となった部屋に複数の男達。この状況でステファニーが何を考えているのか判らないほど、ユーフィリアも鈍くはない。

彼女は使用人達に命じて、自分を穢すつもりだ。

その上で物理的にユーフィリアをアレクシスの妻の座から引きずり下ろすつもりだ、と。

「先に教えて差し上げるけれど、連れてきた侍女や護衛達に助けを求めることはできないわよ？　彼らも今頃は自分の身を守ることで精一杯でしょうから」

「……」

「あらあら、折角、少しは大公妃らしくあろうと被っていた仮面も剝がれ落ちたかしら？　……どうしてアレクシス様はこんなつまらない女を……まあ良いわ、きっとアレクシス様も目を覚ましてくださるでしょう。色々な男たちに代わる代わる穢された女なんて、もう二度と抱く気にもならないでしょうしね」

今目の前で傷つけようとしている女性がいるのに、まるで興味深い見世物でも見届けようと言わんばかりの恍惚(こうこつ)とした眼差しを向けて寄越すステファニーの姿は、今のユーフィリアにはひどく醜く見える。

人はここまで醜くなれるのかと、そう思うくらいに。

そして思った、アレクシスがこの人と結ばれることがなくて良かった、と。

もしステファニーと結婚していたら、彼は決して幸せになることはできない。

彼女とアレクシスは根本からして生きる世界も、常識も、道徳も、何もかもが違う。

そしてこうも思った。

「……可哀想な人」

「………………なんですって?」

それまで何がそれほど楽しいのかと思うくらいに機嫌良く笑っていたステファニーの表情が一転して強ばる。

ユーフィリアのたった一言の哀れみの言葉は、確実に彼女の触れられたくないところを刺激したらしい。

そんな彼女の様子を見ると、不思議なことに逆にユーフィリアの心の方が落ち着いてくる。

（……ああ、そういえば、昔私を殺そうとした人達も……今の彼女と似たような顔をしていたかもしれない）

あの時はただひたすら怖かった。

自分が正しいと盲信し、邪魔な存在を容赦なく傷つけて排除しようとする彼らを、同じ人とは思えなかった。

今だって恐ろしい。

だけど……同じくらい、どうしてか可哀想にも思う。

その先にあるのは、破滅しかないからだろうか。

「……ノイエ辺境伯夫人。今のあなたに、私が何を申し上げても響くことはないと承知の上で申し上げます。私、ユーフィリアはレヴァントリー大公妃であり、アレクシス様のただ一人の妻です」

「何をくだらないことを………」

「そしてアレクシス様は私の、やはりただ一人の夫」

「……」

「ごめんなさい。どれほど望まれようと、あなたに夫は差し上げられないわ」

告げて、ユーフィリアは微笑んだ。

その手も、足も、肩も、身体全身が小刻みに震えている。

血の気が引いて、元々白い肌が真っ青なくらい色を失っている。

今にもその場で卒倒してしまいそうなくらい頼りなく、儚い風情だというのに、この時ユーフィリアが見せた微笑は、ステファニーから一瞬声を奪うほど美しかった。

彼女が再びその口を開くために、どれほどの間が必要となっただろうか。

今度、唇を震わせたのはステファニーの方だ。

これまで何を言われても、どう諭されても意に介すことのなかった彼女が、ユーフィリアの微笑に明らかに気圧(けお)されている。

でもその事実を認めたくないのか、ふいに豊かな金髪を振り乱すように頭を振って、改めてこちらを見据えると告げてきた。

「……そう。それなら仕方ありませんね。ここにいる者達に、たっぷりと可愛がって貰うと良いわ。あなたが壊される姿は、私がしっかり見届けて差し上げますからね」

もう何を言う気にもなれなかった。

もとより、もう何を言ったところで意味がない。

複数の男達を静かに見つめるユーフィリアの姿に、ステファニーの表情が歪む。

「随分と落ち着いていらっしゃるのね。まさか助けが来ると思っているの？」

「……」

「おあいにく様、ここはノイエ辺境伯家のタウンハウスよ。主人の許しなくば、たとえ大公殿下だって無断で立ち入ることは許されない。あなたは誰の助けも得られず、無残に穢されるの。せいぜい無様に泣きわめいて慈悲を乞い、そして壊されながら後悔すると良いわ」

「……」

「……ねえ、なんとか言いなさいよ。本当に判っているの？　絶体絶命の危機だってことが」

どう告げても黙ったまま反応を示さないユーフィリアに苛立ったように、ステファニーが声を上げた。

彼女の中でユーフィリアはあくまでも弱者であり、嘆き、苦しみ、慈悲を乞いながら壊される存在なのだろう。

だが、本当の弱者とは誰なのだろう。

まるで何かが吹っ切れたみたいに冷静になることができれば、ステファニーを怖いと思う気持ちはなくなっていた。

それにユーフィリアは知っている。

ユーフィリアが危うかったのは、完全に不意を突かれたあの一瞬だけで、今、それ以上の危険はない。

ステファニーの思惑は叶うことがないと、知っているから。

焦れた様子の彼女に答えるように、あくまでも静かにユーフィリアは閉ざしていた口を開く。

「……ノイエ辺境伯夫人。私があなたの招待に応じたことに、少しも疑問を抱きませんでしたか？」

ユーフィリアの黒い瞳にまっすぐに見つめられて、ステファニーが僅かにその身を引いた。

少し前まであれほど怯えていたくせに、今は全くその影もないユーフィリアの様子が不気味で仕方ないのだろう。

答えない彼女に構わず、今度言葉を続けるのはこちらの方だ。

「あなたの招待はあまりにも突然で、日に余裕もなく、一方的で、つまりはとてもマナーに則ったお誘いとは言えなかった」

「な、なんですって……？」

「私は最初からあなたがアレクシス様にとって危険な方だと知っていました。あなたがお認めにならずとも、私はレヴァントリー大公妃。マナーのなっていない、要注意人物からの招待状に目を背けることくらい、容易にできる立場です」

それに、だ。

「アレクシス様が何も手を打つことなく、警戒している相手の元に、私を黙って送り出すとお思いですか？」

「侍女や護衛のことを言っているの？　あの程度、何の役にも」

「いいえ。……そちらにいてくださるのでしょう？　アレクシス様」

ユーフィリアのその一言に応じるように、一度は目の前で閉ざされた扉が再び開かれる。

大きく左右に開け放たれたその向こうから姿を見せたのは、レヴァントリー大公その人であるアレクシス本人と、二桁に及ぶ大公家の騎士達だ。

「なっ……」

いくら会話が通じないステファニーでもこの顔ぶれを見れば、今どんな状況であるかは理解できたのだろう。

見る間に顔を強ばらせたところからして、彼女も自分の行いが重い罪に値することだと承知しているらしい。

「ど、どうして……ここはノイエ辺境伯の屋敷です。いくらアレクシス様でも、主の許可なく踏み込むことなどできるはずが……」

声を上ずらせながら、一歩、また一歩と後ろに後退(あとずさ)るステファニーに向けるアレクシスの眼差しは、凍えそうなほどに冷たい。

いや、ただ冷たいだけならばまだマシだ。

その青い瞳には激しい怒りの他、明確な殺意すら込められている。

きっと今ここが他家の屋敷ではなく刑場であったならば。アレクシスは躊躇わず自身の手でステファニーの首に剣を振り下ろすだろうと思わせるくらいに。

「もちろん許可は得たに決まっている。ノイエ辺境伯に。そもそもあなたの動向を私に報告してきたのはあなたの夫だからな」

その時ステファニーはようやくアレクシスの背後に今一人、自分の夫であるノイエ辺境伯その人がいることに気付いたらしい。

アレクシスに気を取られて夫の姿が全く見えていなかったようで、どうして、と呻く声を上げるが彼女の夫は沈痛な表情で妻を見つめるばかりだ。

「おいで、ユーフィリア」

その声にユーフィリアはすぐさまアレクシスの元へと駆け寄る。

華奢な身体を両腕で庇うように抱きしめられた時、遠ざかっていたはずの恐怖が蘇ったのは、彼の温もりに安堵して気が抜けたせいかもしれない。

今頃になって再び顔が強ばり、震え始めた己の両手を押さえながら、そっと彼に身を寄せる。

そんなユーフィリアを抱いたまま、アレクシスは眼差しと同じく冷ややかな声で告げる。

「招待状が届いた夜、辺境伯が我が家にわざわざやってきた。なんとかあなたを抑えよう

としたが、どうしても無理だった。妻の行いに一族郎党を道連れにするわけにはいかないと、私たちをここに招いてくれた」

「なっ……どうして、あなた、私を裏切ったの⁉」

怒りの籠もった眼差しと、高い非難の声を向けるステファニーに、彼女の夫である辺境伯は静かに首を横に振る。

そして告げた。

「裏切ったのはお前の方だ」

「えっ……」

「陛下や殿下からお前との結婚を打診された時、俺はたとえこれが命令であったとしても、縁あって妻となった人だからと自分なりに愛し、大切にする努力をしたつもりだ。その俺の言葉にお前も応じてくれたはず。今回、陛下や殿下のご意向に背いても、帝都にやってきたのはお前が心の決着を付けるのにどうしても必要だと懇願するからだ。そうすることでお前が前を向くことができるならばと、そう思った」

辺境伯はすっかりステファニーに籠絡されたのかと思ったが、そうではなかったらしい。彼なりに娶(めと)った妻を幸せにしようと、その心を少しでも穏やかにさせようとするための気遣いだったのだ。

「だが、結局それは俺を良いように利用するための虚言だったのだろう？　そうでなければ、大舞踏会であのような振る舞いができるわけがない。そしてこのような無謀で危険な真似ができるはずがない。少しでも俺や我が家のことを考えたなら、できるはずのない行動ばかり……それがお前の本心なのだと悟った」

ならば、辺境伯が守るのは妻よりも家と領地、そして領民だと。

そう判断されても仕方がない、ということだ。

「できることなら、お前を信じたかったよ、ステファニー」

沈痛な響きを宿す辺境伯の声には、怒りよりも悲しみが深いように感じる。

少しでもステファニーの心に夫を想う気持ちがあれば、その声や言葉に何かしら感じるものがあっても良いはずだ。

しかし……夫の助けが得られぬと理解したステファニーが涙ながらに訴えたのは、夫に対してではなくアレクシスにだった。

「アレクシス様！　どうかアレクシス様、私をお救いください！　我がベルダン公爵家はこれまで陛下が帝位につくための協力を惜しまず、殿下のお力にもなってきたはずです！」

「……確かに、あなたの家に助けられたことは数知れない」

「ならば！」

すぐそこにいる夫の失望に気付くこともなく、ステファニーはその顔に喜色を浮かべる。

もちろん彼女の喜びは一瞬で終わってしまったが。

「だからと言って何をしても良いはずがない。私はこれまでに何度もあなたに告げたはずだ。その気持ちには応えられない、あなたを妃とするつもりはない、諦めてくれと」

「そんな……あまりにもご無体です、私は初めてお会いした時からずっと、あなた様を想い続けて参りましたのに！」

よろよろとステファニーが歩み寄る。

彼女から庇うようにアレクシスはユーフィリアの身体を背に隠したが、ステファニーは彼の足元で膝を突くと、その足に縋り付くように手を伸ばした。

「お慕いしているのです、あなた様を、少女の頃からずっと……！」

悲痛に訴えるその言葉も涙も、けれどアレクシスの心を動かすことはなかった。

彼は知っているからだ。

このように涙ながらに訴えていても、彼女の行おうとしたことがどれほど卑劣で、容赦なく一人の女性の人生を破滅させる行為かを。

ユーフィリアもまた、そんな彼女の姿に胸が痛くなるが、しかしだからといって先ほどまでの彼女の行いを忘れることはできない。

アレクシスが溜息を吐いた。

「私があなたを愛することは未来永劫あり得ない。私の愛は、ここにいる妻、ユーフィリアのものだ」

「そんな、アレクシス様！」

「捕らえろ。皇族に対する傷害未遂、並びに侮辱罪だ」

周囲に控えていた騎士達がゾロゾロとステファニーを取り囲み、彼女を捕らえる。

「アレクシス様！　アレクシス様ぁ‼」

叫ぶその声に、その名を持つ人は振り返ることはない。

ただ、ステファニーの夫だけがやるせない素振りで頭を振り、そして唇を噛みしめるのだった。


ノイエ元辺境伯夫人、ステファニーはその後正式な裁判を経て、北の修道院へ送られることとなった。

辺境伯夫人の前に「元」とついたのは、彼女が捕らえられて間もなく、ノイエ辺境伯自身の手によって離縁届が提出されたからだ。

その届け出を皇帝は認め、そしてベルダン公爵家も離縁に対する異議を申し立てることはせず、ほぼ同時期に彼女を籍から外す届け出がなされた。

ユーフィリアに対するステファニーの行いは、大公妃への加害として本来ならば処刑となっても不思議のない罪状だったが、未遂で済んだことから、彼女の実家であるベルダン公爵家や、婚家のノイエ辺境伯家に配慮した形となった。

だが罪を犯した女性が俗世から隔離されるその修道院に一度身を寄せれば、もう二度と表舞台に出てくることは叶わない。

生涯を神に捧げることと引き換えに、かろうじて許された命だった。

ステファニーはアレクシスだけでなく、夫や実家の家族、そしてその身分および財産の全てを失ったのである。

一方で、彼女と縁を切ったとはいえベルダン公爵家やノイエ辺境伯家も全くのお咎めなしというわけにはいかなかった。

いずれも監督不行き届きという理由で相応の処罰を受け、向こう一年は帝都で社交を行うこともできず、領地での蟄居を命じられた。

だがそれでも、随分と穏やかな処置だ。

それが皇帝の温情であると理解している両家は甘んじてその罰に従ったのである。

社交界では様々な憶測が流れたが、その騒動に関わっていた者達の全ては口を閉ざし、人前で語ることはなかったため、噂は憶測のままに終わった。

けれどこの騒動は決して後味の良いものではない。

後にアレクシスは語った。

「出会った頃の彼女は決してあのように見境のない少女ではなかった。一体どこで狂ったのだろうな。私がもう少し上手く動けたら良かったのかもしれない」

アレクシスがステファニーと初めて顔を合わせたのは、お互いにまだ十代前半の少年少女だった頃だと聞いた。

その頃はまだ帝位争いも表面化しておらず、帝国の第三皇子と、筆頭公爵家の令嬢として節度ある顔合わせだったという。

だがその出会いでステファニーはアレクシスに恋をした。

以来、彼女はあの手この手でアレクシスに婚姻を迫り、初めは良くも悪くも感じていなかったアレクシスの心証を最悪なまでに悪化させていくこととなったのである。

アレクシスが人嫌いと噂されるようになったのは、帝位争いのみならず、そういった一方的な感情を押しつけてくる者の影響も少なからず存在するのだろう。

溜息交じりに零すアレクシスの呟きに、ユーフィリアは首を横に振った。

「……誤った道を選択したのは彼女です。むしろあなたは何度も彼女を諭し、誤った道を引き返すように仰ったのでしょう？　あなたの責任ではありません」

アレクシスが故意にステファニーを誑（たぶら）かし、唆したというのならばともかく、そのような事実は一切存在しない。

一貫して彼はその気持ちに応えられないという姿勢を保ち続けてきたと聞いている。

しかしそれでも彼は考えずにいられないらしい。

もっと上手いやり方はなかったのか。

もっと早い段階で諦めさせる手段はなかったのだろうか、と。

ステファニーの問題は一応の解決を見ても、あれ以来少しだけアレクシスの元気がない。

ある意味、自分を見てほしいという彼女の願いはようやく叶ったのではないだろうか。

少なくともアレクシスの心に傷跡を残したのだから。

（……優しい人だわ。もっと自分にはもう無関係なことだと割り切ることもできるでしょうに……）

傷跡が残ったという意味では、ユーフィリアも同じかもしれない。

やっぱり思うからだ。自分がもう少し上手くやれたら、アレクシスを傷つけずに済んだかもしれないのに、と。

悩みから解放されて助かった、と胸を撫で下ろすにはステファニーの迎えた結末は苦すぎた。

そのせいか、あれからほんの少し夫婦の関係がぎこちない。

既にその出来事から一ヶ月が過ぎた今もどこか二人は引きずっていて、特に喧嘩(けんか)をしたわけでも仲違(なかたが)いをしたわけでもなく、むしろ嫌な思いをさせて済まなかったとアレクシスからは謝罪を受けた位なのに、元のようには戻っていない。

どうすれば良いのか迷っていたけれど、このままではいけないと彼女が決心したのは、季節はもう夏の始まりを告げる、そんな頃合いだった。

このところアレクシスの帰りは遅く、屋敷に戻らない日も多かった。

別段彼がユーフィリアを避けているわけではなく、公務が立て込んだ結果のことだが、関係がギクシャクとしている今はそのすれ違いが重く響く。

助け船を出してくれたのは、アレクシスとユーフィリアのぎこちない様子に気付いた皇后、エルフリーデだった。

「何が原因かは想像が付くけれど、夫婦間の行き違いをいつまでも引きずっては駄目よ。できるだけ早く解消するに限るわ。大体陛下も陛下よ、いくらアレクシス様が頼りになるからってこんな時くらい気を利かせれば良いのに」

グレシオスも二人の様子がおかしいことには気付いているらしいが、ではどうしたら良いのかという部分にまでは気が回ってないらしい。

「アレクシス様を早く帰すように、陛下にお願いしておきます。ですから、きちんと二人でお話をなさい？　こういう時は相手に遠慮をしていては逆にこじれる元です。夫婦なのだもの、腹を割って、本音を打ち明けて、温もりを分かち合うのが一番の仲直りの早道よ」

と、そんなふうに。

温もりを分かち合う、という言葉の意味を考えると顔が赤くなったが、アレクシスときちんと話をしたいのはユーフィリアも同じだ。

どうやらエルフリーデは早速その願いを叶えるためにグレシオスに掛け合ってくれたらしく、それから程なくアレクシスは比較的早い時間に帰宅を遂げ、しばらくぶりに夫婦揃って夕食の席を囲むことができた。

「しばらく一人にしてしまって済まない。明日は休暇をもらえたから、二人でどこかへ出かけようか。どこへ行きたいか考えておいてくれないか？」

どうやらアレクシスもここしばらく、満足に夫婦の時間を取ることができていないことは気に掛けてくれていたようで、そう誘い掛けてくれた。

その気持ちが嬉しいし、ありがたいと思う。

だがしかし。

そう、だがしかし、である。

ユーフィリアに翌日出かけるつもりなど毛頭ない。

彼女はもう決めていたのだ、折角の休日をどう過ごすかを。

「……それじゃあ、後のことはお願いね」

「はい。どうぞご健闘を祈ります」

夕食を終え、アレクシスは入浴中であると報告が上がってきた。

それを聞いて、ならばと腰を上げたユーフィリアに、心からの声援を送ってくれたのは専属侍女のエラであり、また大公家の執事や家政婦という上級使用人達でもある。

彼らのお膳立てを受けて、浴室へと向かったユーフィリアを、扉の前で待機していたアレクシスの従僕が心得た表情で出迎え、そして無言で扉を開いてくれる。

これから彼女が何をするつもりなのかを皆が承知しているというのは、羞恥で身が震えそうになるくらい恥ずかしいが……これも円満な夫婦生活のためだ。

「……足が震えてきたわ……」

そう、ユーフィリアは素直にエルフリーデのアドバイスに従うことにしたのだ。

最初はどう話を切り出したら良いかと自分なりに考えていたけれど、何も浮かばなかった。お互いに遠慮して話を誤魔化し、中途半端なところで切り上げてしまいそうな気もする。

それならばいっそ、お互いに逃げられない状況に追い込んだ方が良いのかもしれないと、そう考えた。

だからといって相手の入浴中に突撃するというのも随分極端な話だが、エラに相談すると「夫婦ならおかしくない！」と妙に気合いの入った声で後押しされたし、エルフリーデも似たようなことを言っていたし……極端かもしれないが、ない話ではない……はず。

心の中で自分に言い訳をしながら、どうにか扉の内側へと足を踏み入れる。

アレクシスがいるのはもう一枚扉の向こう側だ。

大公家の浴室はアレクシスの好みを反映して、この帝国でも珍しいくらい広々とした埋め込み式の浴槽と、洗い場で作られている。

それは東の国でよく見られる形式だという。

何でも彼が皇子時代に助力を願いに北の辺境へ向かった際に宿泊した宿がこんな作りだったようで、広い浴槽と豊かな湯に疲れた身体を癒やされたらしい。

以来アレシスは一人で広々とした浴槽の湯に浸かるのを好んでいる。

多くの場合、大公として恥ずかしくない程度の体裁を整える以外は割と慎ましい生活を送るアレクシスだが、そんな彼が唯一他よりも贅沢をしているのがこの浴室であるといっても過言ではない。

ぴしゃりと湯が跳ねる音を扉の向こうから聞きながら、ユーフィリアはカタカタと震える両足を堪え、同じく震える指先で身に纏う衣服のリボンやボタンを外して脱ぎ落とすと、その身にタオルを一枚巻いただけの姿になって、浴室への扉に手を掛けた。

「ちょうど良いところにきた。悪いが、背を流してもらえるか？」

アレクシスはこちらに背を向けている。どうやら自分で髪を洗っていたらしく、湯を被ったばかりでしとどに濡れた髪を掻き上げている。

そのため目を閉じているせいか、背後に近づいた人の気配を、自身の従僕だと勘違いしたらしい。

だがすぐに近づいてくる足音が、成人男性のものよりも軽く小さい、ということに気付いたようだ。

「誰だ……って、は？　……えっ？」

洗い場の背の低い椅子に腰を下ろしながらこちらを振り返った彼は、タオル一枚というユーフィリアの姿に完全に虚を突かれたようだ。

ぽかん、と目を見開いてこちらを見つめる視線を前にユーフィリアは、湯のせいでも、温かな温度のせいでもなく、全身を真っ赤に染めながら立ち尽くす。

だが……思い切って彼の背後に近づくと、そっとその肩に手を触れた。

「せ、背中ですね。承知しました」

途端、びくっと大きく逞しい肩が揺れた。

「えっ、いや、ちょっと待て、ええ？」

「こ、このようなことをするのは初めてなので、その……上手くできないかもしれませんが……が、頑張りますので、どうかご容赦ください……！」

「いや、それは別に、というか、いや、なぜあなたが？」

動揺しているのか、アレクシスの声が僅かに上ずって聞こえる。

いつも落ち着いた振る舞いが多い彼にしては珍しい反応に、自分がやっぱり思い切ったことをしているのだと理解する。

だがここで後には引けない。

「エルフリーデ様に、その、色々と伺って勉強したのです。ここでなら、二人でお話ができますし……その……ここのところ、お疲れのご様子ですから……何かできないかと……」

彼に触れる手が緊張で小さく震える。

その震えを抑えるように片手にタオルを、そしてもう片手に石けんを握った。

ユーフィリアの言葉に、アレクシスの耳から首筋がみるみる真っ赤に染まっていく。

まるで初な少年のようで、この状況で緊張するのは彼も同じなのだと思うと少しホッとした。すると少しだけ手の震えも収まって、石けんで泡立てたタオルをそうっと彼の肩口に押し当てると、できるだけ丁寧にその背を擦り始める。

もちろん誰かの背を流すなんて初めての経験である、少々手つきがぎこちないのは見逃してほしい。

「……部屋の前に従僕がいたはずだが……」

「お願いして、通していただきました。……彼をお叱りにならないでくださいね」

「……私に入浴を勧めた執事も承知の上か？」

「……皆さんに協力していただきました……」

「……うちの使用人達は何を結託しているんだ」

はー、とそれはそれは深いため息を吐くとアレクシスは片手で己の顔を隠すように覆った。彼の肌の赤味はその範囲を広げ、頬や肩口にまで広がっている。

「……ごめんなさい。……ご入浴くらい、お一人で寛ぎたいですよね？」

入浴時間を大事にするアレクシスである、もしかすると迷惑だったかもしれないと、いまさら思い至る。

だけど、どうしても、ギクシャクとしたままではいたくなかった。

それもどちらも悪くないのに、第三者の女性が原因で、なんて。

「謝る必要はない。ただ……少し、というか大分、意外だっただけだ」

ちらとアレクシスの視線がこちらを見る。

彼の青い瞳と赤く染まった顔を見て、ユーフィリアも赤くなる。

モゴモゴと、口の中で呟いた。

「だって……」

タオルで擦る内に、アレクシスの背はすっかりと泡塗れだ。

もう少し強く擦った方が良いのだろうか、それとももっと優しく？

加減がよく判らなくて、幾度も上下に往復させると、そのタオルの下でアレクシスの背の筋肉が蠢くのが判る。

は、と彼の口からどこか熱っぽい吐息が漏れた理由は何だろう。

「……何が、だってなんだ?」

小さく彼が頭を振った。濡れた藍色に見える黒髪から水の飛沫が散って、ユーフィリアの肌にも飛んでくる。

つうっと自分の肌よりも日に焼けた彼の肌の上を滑る雫の流れになぜか目を引き寄せられて離せない。

「それは……」

少しだけ口ごもった。やっぱり浴室での会話は不適切だったかもしれない。

なんだかちょっと、会話どころではない雰囲気がしてきた……ような、気がする。

いや、その先のことも織り込み済みのつもりではあったのだけれど。

「……あなたと、ギクシャクしていて……すれ違っているような気がして……」

それはもちろんアレクシスも気付いているだろう。

彼が少しだけ申し訳なさそうに目を伏せるのが判った。

でもユーフィリアがこんな思い切ったことをしたのには、他にも理由がある。

「……それに、私……少し、嫉妬してしまっています。あなたが、ステファニー様のことを気になさっていることに……」

言葉にするとなんだかとても切なくなった。

気がつくとユーフィリアは彼の肩に両腕を回し、背後からぎゅっと抱きしめていた。

おかげで自分まで泡塗れになったが、そんなことは気にならない。

ハッと息を呑む気配が伝わってきた。

もしかしたら振り払われるかと思ったが、そんなことはなく、ただその背に抱きついてどれほど過ぎただろう。

「……タオルを」

「えっ？」

「タオルを、退けて。ユーフィリア」

慌てて片手に持っていたタオルを床に置いた。だが違ったらしい。

「そっちじゃない。今、あなたが身体に巻いている方のタオルだ」

「え……で、でも」

思わず自分の身体を見下ろした。

ユーフィリアが身につけているのはこのタオル一枚で、もちろんこれを外してしまったら全裸になってしまう。

……だが、ここは浴室で、自分たちは夫婦で、既に幾度も肌を合わせた関係だ。

そもそも肌を触れ合わせることを躊躇うなら、今こんな姿で、こんな場所にはいない。

躊躇いながらも、ユーフィリアは言われるままに己の身体からタオルを外すと、再び遠慮がちに彼の背に身を寄せた。

泡に塗れた背に、柔らかな乳房が直接触れ合い潰される。

「こ、こう、ですか……?」

「そう。……ああ、良いな。柔らかくて気持ち良い」

言われるがままに胸を彼の背に押しつけていると、泡のせいで妙にぬるぬると滑る感覚に身体が火照った。

なんだか酷く淫らな真似をしているように思うのは、気のせいではないはずだ。

恥ずかしい。

およそ淑女がするような行為ではないと思う。

でも……この直接肌を触れ合わせる行為が堪らなく心地良く感じてしまうのは、ユーフィリアもこんな触れ合いを望んでいたからではないだろうか。

「ん……」

気がつくと小さく身体が揺れていた。彼の背に、己の身を擦り付けるように。

身を揺らすたび、彼の背で胸が愛撫されているような気になってくる。

いつしか硬く尖り始めた乳首が、ヌルヌルと擦れるのも気持ち良い……じゅんっ、と両足の奥が疼く感覚に、重ねていない腰まで小さく揺れる。

でも、少し物足りない。

そう思った時、ふいに彼の手に手を掴まれて、ぐいっと前に回るように引っ張られた。

「あっ、な、なに……？」

「今度は私があなたの身体を洗ってあげよう。ほら、おいで」

あれよあれよという間に背後からその膝の上に抱えられてしまう。

今度ユーフィリアの背に当たるのはアレクシスの胸板で、逞しい二本の腕に腰を抱えられた。

後ろから抱きしめられる格好なのは心地良いが、ユーフィリアを狼狽えさせたのはその膝に座らされる際に、彼の膝に膝裏を引っかけられるようにして大きく足を広げさせられたことだ。

しかも尻の下には既に硬くなったモノが当たっていて、泡と、潤い始めた蜜で濡れた秘裂に添うようににゅるりと押しつけられるから堪らない。

「あっ、や、こんな格好……」

「こら、暴れないで。滑り落ちてしまうぞ」

洗い場の椅子はそれほど大きくない。しかも互いの身体が既に石けんの泡のせいで滑りやすくなっていて、その膝から滑り落ちてしまいそうになる。

それを防ぐためにユーフィリアは両足を広げられた格好のまま、下半身に力を込めなくてはならなかった。

「あなたから仕掛けたことだろう？」

「ほら、大人しくして。

そう言われると否定はできない。

戸惑っている間に、いつの間にかユーフィリアが落としたタオルをアレクシスが再び泡立てて、その泡を掬い上げた両手で肌をなぞられてしまう。

「あっ……」

最初は腹に。大きな手で泡を伸ばすようにくるくると擽られるようになぞられると、どうしてもこそばゆさと、それを上回る官能に腰が揺れそうになる。

そうすると尻の下に敷いている彼自身のモノと秘裂が角度を変えるように擦り合わされて、言葉にできない淫らな愉悦に背がのけぞった。

ぐうっとアレクシスの胸に背を押しつけることで、無意識のうちに突き出すようになった二つの乳房に、彼の両手が上がってくる。

「すごいな……もう、こんなに硬くなっている。私の背に擦り付けながら、こんなに硬くしていたのか？」

ふにふにと乳房を揉むように擦りながら、彼の指先が硬くなった胸の先をくにゅりと摘まんだ。

「あっ……」

「アレクシス様……っ」

でも泡のせいで滑って、その指の間から尖った乳首がつるりと抜け出てしまう。

再び摘まもうとしても結果は同じ。

指の間でくりくりと弄られる度、いつもとは違う感覚に息が上がり、胸の先からじんっと痺れるような快感に腰がびくついた。

「ん、あ……や、こんな……」

滑るのは乳首だけではない。彼の手の平が胸を揉もうとしても、やっぱりつるりと滑って肌の表面を撫で下ろす。

それが堪らなく気持ち良いのに、しっかりと捕まえてくれないもどかしさが焦れったい。

「……腰が揺れている」

「……っ……いやぁ……」

「いや？　本当に？　その割にここは、もうドロドロみたいだけど」

大きく両足を開かされた状態では、アレクシスの指がそこに触れてくる行為を止めることはできなかった。

胸から下腹を滑り、そのまま両足の間に落ちた指先に割り開くように繊細な場所を触れられて、泡とはまた違う感覚で滑る様に、ビクビクとユーフィリアの身体が震える。

さすがに繊細なその場所の深いところまでを、泡塗れの手で触れてはいけないと考えたのか、一度離れた手が湯涌を摑んで腰に湯を掛け、泡を流した。

二度、三度と同じ行為を繰り返し、再び舞い戻った指が同じ場所を割り開くけれど、泡が流されてもぬるつく指の感覚は変わらない。

もちろん今度アレクシスの指を滑らせているものは、ユーフィリアの身体の中から溢れ出た蜜だ。

「あ、あ、あっ……んっ……」

くちゅくちゅと粘ついた水音がした。

アレクシスの太く硬い指先が繊細な襞を撫で、膨らみ出した花の芽を擦り、そしてほころび始めた入り口からずぶずぶと内側へ侵入してくる。

「……熱い。ヌルヌルだ」

そんなこと、たとえ事実でも言わないでほしい。

自分の中から溢れ出たものが彼の手を手首まで濡らし、またその下にある彼自身のモノも濡らし、それでも足りずに浴室の床にしたたり落ちているのは自分でも判っている。

「すごく柔らかくなっている……あなたの好きな場所はここだったか？」

「ひあっ……!!」

中を蠢く指に、ぐりっと敏感な場所を扱くように擦られると、それだけで大きく腰が跳ね上がった。

とたん、引っかけられていた膝が外れて床に転がり落ちそうになる。

あわや、タイルの上に身体を打ち付けずに済んだのは、寸前でアレクシスの腕に抱き留められたからだ。

「済まない、痛い思いをさせるところだったな」

アレクシスがそう詫びるも、もはや敏感になった身体をひくつかせるユーフィリアに答えることはできなかった。

「あ、ん……」

真っ赤な顔で蕩けきった表情を浮かべる彼女に、アレクシスは笑った。

甘く、優しく、それでいてどこか獰猛な獣のような笑みだ。

先ほどユーフィリアが身体から外したタオルを床のタイルの上に広げると、アレクシスはその上に彼女の身体を横たえ……そして覆い被さってくる。

「……リア」

短い、愛称と共に彼の唇に唇を塞がれたのはその時だ。

「ん、む……ふ……んっ」

最初から互いの舌を絡め合うような深い口付けを、ユーフィリアは抗わなかった。

それどころか逆に大きく口を開いて受け入れ、両腕を彼の首に巻き付ける。

ねっとりと絡み、擦れ合う舌の感触にぞわっと背筋が震えた。

角度を変えて擦りつけながら、根元から吸い立てるような感覚がどうしようもなく気持ち良い。

「ん、アレク……もっと……」

どうやら自分は思っていた以上にこうした触れ合いに飢えていたらしい。

何も知らなかった時はこんな口付けはもちろん、触れ合うだけのキスですらいけないことのように感じていたのに、今はそれ以上に触れ合える喜びと欲望の方が遙かに強くて、身体の熱を跳ね上げる。

多分自分は随分と蕩けた顔をしているだろう。

でもそれはアレクシスも同じだ。

幾度も深い口付けを繰り返しながら、彼は再びたぐり寄せた湯涌にくみ取った湯をユーフィリアの胸に流しかけ、丁寧に泡を落とすとその場所に顔をずらしていく。

唇から顎、首筋から鎖骨をずっと舌で味わうように舐めながら。

その舌が乳房の柔肉を食み、鬱血の花を咲かせながら、充血して尖りきったその先に絡みついてきた時、ユーフィリアの口からは悲鳴のような嬌声が上がった。

「ああっ、ん、んっ‼」

ただ乳首を吸われただけ。それだけなのに背が反り返って腰が跳ね上がる。

ビクビクと陸に上げられた魚のように身を跳ねさせるユーフィリアの反応に満足したようにアレクシスはなおも執拗にそこを嬲った。

コロコロと飴玉のように舌で転がし、強く吸い上げ、軽く歯を立て、かと思えば尖らせた舌先でぐるりと乳輪をなぞる。

片方を可愛がったらもう片方へ。

そうしながら下肢では彼女の片足を持ち上げて大きく開かせると、露わになった花園に己の雄を擦り付ける。

初めての夜、不本意な評価を受けた彼のそれは、その夜よりも獰猛な蛇のように狭い穴倉を狙って首をもたげているようだ。

そして。

「リア……」

短い呼びかけと共に、その切っ先が容赦なく中を貫くように抉ってきた。

既に柔らかく解けかけていたその入り口は、彼の形に合わせて広げられ、その身のうちに長大な肉槍をずぶずぶと呑み込んでいく。

「あ、あああ、あっ、あーっ!!」

背がより一層強くのけぞった。

タオルを敷いても硬い床に擦れる背中と後頭部が痛いのに、それを上回る身体を貫く灼熱が与える愉悦が大きくて跳ねる身体を止められない。

ガクガクと腰が震える。

それと同時に内を抉る雄を膣襞が力の限り締め付け、しゃぶり上げ、吸い付く。

理性を打ち砕く強烈な快感にユーフィリアの腰は無意識のうちに艶めかしく揺れ始めていた。

「は……良い。……抱くたびに、あなたの身体はどんどん私に馴染んでくるみたいだ」

「あん、あ、いい、気持ち良いっ……、アレク、アレクシス様……っ」

背がタイルで擦れるのを防ぐためだろうか、上体を持ち上げるように起こされた。

両足を開いたまま、彼の腰に跨がって正面から抱き合うように身を起こすと、張り詰めた彼自身にさらに深い場所を抉られて、再び嬌声が上がる。

そのまま腰を揺らされるといつもと違う場所が擦れて、堪らない。

「あ、あ、ああ、あ……っ」

断続的に短く喘ぐユーフィリアの腰をアレクシスの両手が尻を掴むようにして持ち上げる。そして、落とす。

ずん、とより深い場所を抉られて、文字通り悲鳴が上がった。

「やあっ！　ふか、深い……っ‼」

「だが良いんだろう？　締め付けがすごい……ちぎられそうだ」

「ああん、や、繰り返さないで、あっ！」

幾度も持ち上げられては落とされて、振り乱すユーフィリアの纏められた髪がほどけて

落ちかかる。

息も絶え絶えなのに、その唇を塞ぐようにまた口付けられると、身体の中に燻る熱がさらに大きく膨らんで内に籠もっていくようだ。

溢れる彼女の唾液を啜りながら、殆ど唇を合わせたままアレクシスは言った。

「ずっと、私が考えていたのは、あなたのことだ、リア」

「んんっ……！」

「彼女の姿は、未来の私の姿のように思えた……もしこの先、あなたの心が私から離れることがあったら……きっと私も彼女と同じように、理性も正義もなく追いすがるようになるだろう」

「んむっ」

「そんな自分が怖かった……あなたを傷つけたくない。縛り付けたくないのに……」

それがここしばらくぎこちなくなっていた理由なのだろうか。

だとするならば……なんて幸せな告白だろう。

理性はとうになく、今のユーフィリアにあるのは欲望と、正直な想いだけだ。

口付ける、彼の唇に吸い付いた。

自ら舌を差し込んで舌を絡ませながら、繋がった腰を揺らす。

「っは……」

彼が吐き出す吐息も、情も、それ以外の全ても身に受けるように、彼の胸に自ら己の胸を擦り付けて腰をくねらせる姿は、とてもでないが臆病な小鳥とは言えない。

それはもう、本能に従う人の女だ。

「……良いの。……閉じ込めても、縛り付けても良い……あなたと一緒にいられるなら、なんだって、何をされたって……」

小さく首を横に振って口付けを外すと背を伸ばす。

アレクシスの腰から己の腰を浮かせるように膝を立てると、ずるりと胎内から彼自身が抜け出て、物欲しげに女の入り口をかする。

はち切れる寸前まで膨らんでいたそれは、熱い締め付けから解放されたことに抗議するように、今もまだ雄々しく天を向いたままだ。

抜け出ても、互いのその場所は再びの繋がりを求めるように粘ついた糸で繋がっている。

ああ、なんて淫らなのだろう。

「……リア……」

切なげにアレクシスがその目を細めた。

彼の顔を見下ろすように覗き込みながら、ユーフィリアはその額に、目元に唇を落とす。

「あなたが離れようとしても、もう私が離しません……」

「……リア？」

「私を、こんなに欲深い女に変えたのはあなたです。……いまさら離れるなんて、許さない。……あなたは私のもの……ねえ、そうでしょう、アレク」

アレクシスの目が大きく見開かれた。

一瞬蘇った理性が、目の前にいる女の本質を探るように見つめてくる。

そこにいるのは清楚な小鳥のような外見をした、けれど誰よりも欲深い女だ。

長い銀髪も、白い肌も、華奢な身体のわりに豊かな胸に細い腰も。

見た目は今にも壊れてしまいそうなほどか弱げなのに、星を宿す黒い瞳が全てを呑み込むようにアレクシスを見つめている……情欲に濡れたまま。

すぐには言葉も出てこない彼を叱るように、ユーフィリアの細い指が未だ雄々しくそそり立つ彼のその場所をなぞった。

「うっ……」

白魚の指先が裏筋を撫で、蛇の頤（おとがい）のように膨らんだ部分を擦り、そしてたらたらと体液を零す口を擽（くすぐ）る。

動きこそぎこちなく辿々（たどたど）しいが、それでも彼女がそうしているという事実が彼を刺激したのか、逞しい下腹がぶるっと震える様が判って、ユーフィリアは笑った。

どこか妖しく見える笑みのまま、再びアレクシスの唇に吸い付いたユーフィリアは、自ら己の入り口に彼の先端を添えると……そのまま一気に腰を落とす。

直後、焦れていた女の胎内が男をしゃぶるように絡みつき、吐精を促して強く締め上げた。お互いにビリビリと腰が痺れるような快感を前にひとたまりもない。

「んんっ！　あ、はっ」

「つく、駄目だ、出る……っ」

最奥を叩くと同時にユーフィリアの中で彼自身が弾けた。

熱く浴びせられるその飛沫にユーフィリア自身も頂点へ押し上げられて、より一層深く彼を食い締めながら、全身が跳ね上がる。

「あああっ！」

高く轟く声が浴室の中で跳ね返り反響し、より一層響き合う様は、淫らな音楽祭のようだった。

繋がった部分から溢れ出るほどに己の欲望を吐き出したアレクシスは、力を失ったようにもたれかかるユーフィリアを抱きしめると、その耳に直接囁くように呟いた。

「……あなたの言うとおり、私の全てはあなたのものだ。……そして、あなたの全ても私のものだと忘れないでくれ。……愛している、ユーフィリア」

その告白にユーフィリアは笑った。

笑った側から涙がこぼれ落ちて、頬を包むアレクシスの手を濡らす。

「はい、忘れません、決して。……愛しています、アレクシス様」

再び唇が重なる。

貪るような先ほどのものとは違う、心を分け合うような優しい口付けだ。

その優しさに陶然としている内に、ユーフィリアはハッとした。

気付いたからだ。

まだ繋がったままのそれが、自分の腹の内で再び力を取り戻していくことに。

軽く目を見開く彼女に、アレクシスは笑う……今度は彼の方こそが妖しげな笑みで。

「とりあえず、風呂を出るか。ここでは互いにのぼせてしまいそうだ」

「は、はい……あっ」

「でもその前に、もう一度堪能させてほしい。立って、そう、壁に手を突いて……」

一度身を離すと、浴室の壁際まで押されて、その壁に縋るように腰を突き出させられる。

立ったままなんてこれまでに経験がないけれど、彼も自身を落ち着けなければここを出られないだろう。

大人しく従いながらも、先ほどとは打って変わって怯えた仕草で後ろを振り返るユーフィリアの姿に何を思ったのか、アレクシスはいささか乱暴な手つきで彼女の胸を鷲摑みにすると乳首をひねり、壁に押しつけるようにしてその身を貫いた。

「あああ、あっ、あぁっ！」

ひとつき、ひとつきごとに重く腹に響く。

なのにきゅうきゅうと自分の身体が喜ぶように男に縋り付くのが判って、ユーフィリアは髪を振り乱すように頭を振りながら、一気に極めた。

しかし今度アレクシスは一緒に終わってくれない。

彼女の背に口付けを落としながら、彼は笑った。

「全く……妖艶な魔女かと思えば、清楚な女神のような顔を見せる……そんなあなたから私は、一生離れられないのだろうな……」

膝が笑った。

腰から下がじんっと痺れて立っているのが辛い。

その上彼が腰を突き上げるたびにつま先が浮き上がって、床から滑ってしまいそうになる。

「アレクシス様ぁ……っ、アレク、ああっ、だめ、あっ！」

「そんなにすぐに終われると思うな。今夜はとことんまで付き合ってもらう。なにせ、明日はあなたが与えてくれた休日だから」

どうやらユーフィリアがエルフリーデに口利きを頼んだことを彼は知っていたようだ。

その宣言どおりにその夜、部屋に戻ってもユーフィリアは彼の身体の下で乱され、喘がされることになった。

力尽きるように眠りについた翌朝、ベッドメイキングに訪れた侍女達はその乱れように驚き、平静の仮面を被り続けることができなかったという。

そのおかげか、その日一日夫婦が籠もる寝室に声を掛ける者はいなかった。

代わりにいつの間にか室内にワゴンごと二人分の食事が押し込まれ、アレクシスは起き上がることのできない妻のために己の手ずから甲斐甲斐しく食事を口に運び、熱心に世話をしたのだった。

終章

ダイアン帝国、レヴァントリー大公夫妻の仲の睦まじさは、その後多くの目撃者によって国中に語り継がれることとなった。

彼らの恋物語には幾つもの逸話が存在する。

曰く、可憐なオルトロール公国の公女に一目惚れした大公、アレクシスが彼女を手に入れるために自ら皇帝に掛け合い、帝国に招き寄せたとか。

そのために縁談が纏まりかけていた公爵令嬢との婚約を破棄して、ユーフィリア公女との結婚を強行しただとか。

あるいは邪魔な公爵令嬢を退けるために、望まぬ辺境伯の元へ無理に嫁がせたという、いささか非情とも言える話もあれば、公爵令嬢との間には何の関わりも存在せず、恋した公女の元に自ら膝を折ってその愛を希ったという純愛話もあった。

流れる噂のどれが事実なのかを知っているのは当人だけだろう。

だがはっきりとしていることは、二人のなれそめがどうであれ、レヴァントリー大公夫妻がとても睦まじい夫婦であったという事実だ。

大公は可憐で心優しい妻を愛し、大公妃はひたむきな愛を寄せる夫を愛し返し、生涯寄り添って共に生き、共に暮らし、そして共に眠る。

二人はことさら、小さく真っ白な身体と黒い翼を持つ小鳥を愛したという。

女神の使者と呼ばれる幸運を運ぶその小鳥は、本来大陸の北、オルトロール公国近郊に生息するはずだったが……不思議なことに大公夫婦が結婚して一年も過ぎる頃には、時折どこからともなく飛んできては帝都の、そして領地の大公家に現れるようになり、その愛らしい身体と声を披露して大公夫妻の元に幸福を運んできたという。

大公家の家紋に小さな小鳥の姿が刻まれるようになったのは、彼らが婚姻して三年が過ぎ、ちょうど二人の第一子が誕生した頃からだった。

あとがき

こんにちは、逢矢沙希です。

「人嫌いな大公と結婚したら愛が深すぎて卒倒しそうです！」をお手にとっていただきありがとうございます。

こちらヴァニラ文庫様では2作品目となります。

前回は非常に逞しい王女様がヒロインでしたので、今回はちょっとか弱げ（でも芯は強い）なヒロインを意識して書いてみました。

格好いいヒロインもいいですが、可愛いヒロインもいいですよね。

またヒーローは大公殿下となりまして、こちらも格好いいヒーローを目指したのですが、書いてみたら少しだけ不憫な感じになってしまいました。

でもまあ、可愛いお嫁さんをもらえると思えば！

初心なお嫁さんから多少アレな発言があったって許せるよね、うん、大丈夫。

大変楽しく書かせていただきました、ありがとうございます。

欲を言えば、アレクシスが人嫌いと言われる原因となった、帝位継承権争い時代の泥沼な陰謀とかも書いてみたかったのですが、それを入れると途端に重く血なまぐさい話になってしまうので、今回は我慢我慢。

既にお判りの方も多いでしょうが、作中で出てくる小鳥のモデルは丸っこく大福みたいな可愛いあの子です。ズバリその名を出すと舞台が一気に北海道になってしまいそうだったので架空の名を当てさせていただきましたが、脳内イメージはあの可愛い子でお願いします。


今回もまたたくさんの方にご尽力いただきました。

いつもアドバイスとフォローをしてくださる担当様、ありがとうございます。

そして表紙と挿絵を担当してくださった氷堂れん先生、語彙力を失うほど可愛らしいユーフィリアと、推し活できるくらい好みのアレクシスをありがとうございます。

表紙や挿絵をニヤニヤ眺めているだけで数時間は溶けました、幸せです。

またデザイナー様、校正様、また出版社様や関わってくださった皆様、そして読者様、本当にありがとうございます！

皆様のお力をいただいてできあがったこの作品を、少しでもお楽しみいただければ作者としてこれほど幸せなことはありません。

ぜひまた、お目にかかれますように。

逢矢沙希

原稿大募集

ヴァニラ文庫では乙女のための官能ロマンス小説を募集しております。
優秀な作品は当社より文庫として刊行いたします。
また、将来性のある方には編集者が担当につき、個別に指導いたします。

◆募集作品

男女の性描写のあるオリジナルロマンス小説（二次創作は不可）。
商業未発表であれば、同人誌・Web上で発表済みの作品でも応募可能です。

◆応募資格

年齢性別プロアマ問いません。

◆応募要項

・パソコンもしくはワープロ機器を使用した原稿に限ります。
・原稿はA4判の用紙を横にして、縦書きで40字×34行で110枚~130枚。
・用紙の1枚目に以下の項目を記入してください。
①作品名（ふりがな）/②作家名（ふりがな）/③本名（ふりがな）/
④年齢職業/⑤連絡先（郵便番号・住所・電話番号）/⑥メールアドレス/
⑦略歴（他紙応募歴等）/⑧サイトURL（なければ省略）
・用紙の2枚目に800字程度のあらすじを付けてください。
・プリントアウトした作品原稿には必ず通し番号を入れ、右上をクリップなどで綴じてください。

注意事項

・お送りいただいた原稿は返却いたしません。あらかじめご了承ください。
・応募方法は必ず印刷されたものをお送りください。CD-Rなどのデータのみの応募はお断りいたします。
・採用された方のみ担当者よりご連絡いたします。選考経過・審査結果についてのお問い合わせには応じられませんのでご了承ください。

◆応募先

〒100-0004　東京都千代田区大手町1-5-1　大手町ファーストスクエアイーストタワー
株式会社ハーパーコリンズ・ジャパン　「ヴァニラ文庫作品募集」係

人嫌いな大公と結婚したら愛が深すぎて卒倒しそうです!

Vanilla文庫

2023年10月20日　第1刷発行　定価はカバーに表示してあります

著　者　逢矢沙希　©SAKI OUYA 2023
装　画　氷堂れん
発行人　鈴木幸辰
発行所　株式会社ハーパーコリンズ・ジャパン
東京都千代田区大手町1-5-1
電話　03-6269-2883（営業）
0570-008091（読者サービス係）

印刷・製本　中央精版印刷株式会社

Printed in Japan ©K.K. HarperCollins Japan 2023 ISBN978-4-596-52752-3